살구 칵테일

살구 칵테일

초판 1쇄 인쇄   2012년 3월 28일
초판 1쇄 발행   2012년 4월 3일

지은이   허만하 외
펴낸이   김진수
펴낸곳   사문난적

편집   김동섭
영업   임동건
기획위원   이일훈·이종환·함성호

출판등록   2008년 2월 29일 제 313-208-00041호
주소   서울시 마포구 합정동 376-17번지
전화   편집 02-324-5342, 영업 02-324-5358
팩스   02-324-5388

ISBN 978-89-94122-27-4

살구 칵테일

김대성 김 참 김형술 박형섭 정익진 정재학 조말선 허만하

사문난적

대화에도 발자국이 있다

고독이야말로 시인이 일할 수 있는 최선의 조건이다. 이런 사실을 알면서도, 또 그렇게 나를 타이르면서도 나는 청순한 다른 시인들을 만나 엉기는 분위기에 한 축 들어 시에 대한 허황한 이야기를 나누는 일을 마다하지 않았다. 집으로 돌아가면서 나는 세상에 실재하는 것은 존재자 또는 뚜렷한 윤곽이 아니라 안개 같은 분위기라 생각하게 되었다. 모처럼 만난 이들 분위기에는 허위의식이 없었다. 흔히 정신적 불임증이 내세우는 가장된 엄숙주의가 없었다. 권위를 겁내지 않는 예술가적 기질이 그 모임에는 살아 있었다. 그것은 나에게 신선한 경험이었다.

내가 자기변명에 동원하는 것은 사르트르의 살구 칵테일이었다. 그리고 택시 창 너머 훔쳐보았던 몽파르나스의 한 카페 '라 로통드'의 풍경이었다. 사르트르와 에콜 노르말 동급생이었던 레이몽 아롱이 베를린에서 파리로 돌아왔을 때, 그들은 몽파르나스의 카페 베끄 드 갸즈에서 하루 저녁을 함께 지내면서 그 집의 자랑인 살구 칵테일을 마시며 이야기를 나누었다. 그때 아롱은 자기 글라스를 가리키며 "보게, 자네가 현상학자라면 이 칵테일에 대해서 말할 수 있겠지. 그리고 그것이 바로 철학이네!"라고 말했던 것이다. 이 말을 들은 사르트르는 감동으로 얼굴이 새파랗게 되었다. 한자리에 있었던 보부아르 부인의 자상한 증언이 파랗게 질린 사르트르의 표정을 말하고 있다. 그 무렵의 사르트르가 바라고 있던 것이 바로 그런 것이었기 때문이다. 바로 그런 것이란 사물에 접하는 그대로 말하는 일, 그리고 그것이 바로 철학이 되는 일이었던 것이다. 바꾸어 말해서 관념론과 실재론의 대립을 넘어서는 일, 다시 바꾸어 말해서 의식의 절대성을 긍정함과 동시에, 우리에게 주어진 대로 세계의 현존을 긍정할 수 있는 일이었던 것이다. 사르트르가 현상학의 본질을 접했던 것은 대학 강의실에서가 아니라 한 잔의 칵테일을 들면서 나누었던 벗들과의 담소를 통해서였던 것이다. 그것은 1932년의 일이었다. 그런 번뜩임을 행여 이번 모임에서 만나 볼 수 있을지 모른다는 기대를 숨긴 채, 나는 연락 받은 시간에 막걸리 집 '소담골' 문턱을 들어서는 것이다.

그런 엄청난 사건의 단서를 만나지는 못하더라도 시에 관련되는 잡담을 통해서 자극을 받기도 하고 자극을 주기도 하는 시간이 즐거운 것이다. 사르트르처럼 철학의 한 체계가 아닌

시의 모티브 정도는 얻을 수 있을지 모른다는 인색한 생각을 하는 자신을 만나 쓸쓸해질 수 있는 것이다. 내가 머릿속에 떠올려 보았던 이런 이야기는 활자매체가 아닌 서로의 이야기에서 책 읽기에서는 얻을 수 없는 신선하고도 산뜻한 계시를 얻을 수 있다는 경험을 말하는 것이다. 이형기는 술자리에서 나와 열 띤 이야기를 나누는 도중 느닷없이 주머니에서 종이를 꺼내어 무엇을 적고는 했었다. 나는 그런 그의 행동에서 시인의 모습을 보았던 것이다. 릴케가 조끼를 즐겨 입는 것은 그 주머니에 떠오르는 영감(그런 것이 있는지는 모르겠다. 시적 발상이라 바꾸어 말하는 것이 낫겠다)을 적는 수첩을 넣어두기 위한 것이란 이야기를 읽은 기억이 있다. 계시가 아니라도 우리들 대화 안에 적어도 손바닥을 빠져나가 땅바닥에서 팔딱이는 물고기 비늘처럼 반짝이는 비린 자극이 들어있다는 사실과 우리들은 그런 자극을 찾아 정체불명의 그 안개 같은 분위기의 블랙홀에 빨려들었던 것이다. 그것은 우리들만이 아닌 것 같다. 한 달 전 서울의 이재훈 시인과 정재학 시인이 오은 시인(초면의 그는 잉크 냄새가 마르지 않은 첫 시집 『호텔 타셀의 돼지들』을 들고 왔었다)과 함께 부산의 바다 냄새를 몸으로 만나러 외진 이곳을 찾아 들었던 것이다. 반가웠다. 시를 중심으로 한 이들 이야기는 끝날 줄 몰라, 김해의 김참 집까지 자리를 옮겨 다음날 아침까지 계속되었다고 들었다. 모두가 술만으로 달랠 수 없는 목마름을 가슴속에 지니고 있는 것 같다. 그리고 보니 최근에 울산 수요시

7

포럼의 김성춘, 권주열 두 시인이 모처럼 소담골에 들러 시 이야기에 빠져들어 새벽이 되어서야 대리운전 편으로 돌아간 일이 있다. 이런 만남과 헤어짐 틈새에서 시인들은 서로 반가워하기도 하고 서로 질투하기도 하면서 시를 붙들고 놓을 줄 모른다. 아름다운 이야기다. 모두가 시 이야기에 취할 때쯤이면 각자의 고독은 그 완성을 위하여 그늘진 술상 밑에서 한 마리 강아지처럼 웅크리고 기다리는 것이다. 고독이야말로 시인이 일할 수 있는 유일한 조건이 아닌가.

   이런 헐렁한 만남이 '세드나Sedna'라는 이누이트족 신화에 나오는 여신 이름을 가진, 태양계 맨 바깥의 성상불명의 행성 이름을 가진 채 조그마한 책 『기괴한 서커스』로 그 흔적을 남기게 되었다. 그 발생학적 경위는 세드나 1집 첫머리에 조말선 시인의 자상한 기록으로 남아 있다. 뜻밖에도 이 한 권의 책이 〈동아일보〉의 눈에 띄어 문화면 전면을 차지하는 기사로 실리게 되어 우리들을 놀라게 했다. 그것은 잊을 수 없는 사건이었다. 문학 담당 기자 박선희 씨를 이 소담골에서 만나게 될 줄은 정말 상상하지도 못한 일이었다. 또 『기괴한 서커스』가 문화공보부의 우수문학도서로 선정되어 출판비를 얻게 되었다는 이야기를 출판사 〈사문난적〉편으로 듣게 되었다. 우리들한테는 아무것도 아닌 일상의 한 부분이 남의 시선 안에 들어선다는 일의 어색하고도 거북한 감정을 느끼게 되었다. 그 감정은 우리들 각자에게 책임감으로 돌아왔다. 이런 가시적인 격려와 눈에 보이지 않는 울림으로 전달되어온 참된 시인들의 박수소리에 힘입어 우리들은 세드나 2집을 내기에 이르렀다. 세드나는 잡다한 심리적 명암과 무관히 그 궤도를 벗어나지 않고 **영하의 우주공간을 돌게된 것이다. 우리들은 그 동력이 시에 대한 무구한 사랑이란 사실을 알고있다.**

　우리들은 시인이다. 시인은 시의 영역이 무한하다는 사실을 믿는 사람이다. 시에는 경계가 없는 것이다. 이런 일에 자부심을 느끼고, 이런 사실을 이번 호의 주제로 삼기로 의논하고, 시 2편과 임의의 인접 예술에 헌신하고 있는 예술가에 관한 에세이 한편씩을 쓰기로 했다. 박형섭 교수는 창간호 때와 마찬가지로 아카데미즘의 숲에서 부산 시단 현장의 일각에 새로운 바깥 세계 풍경을 소개해주며 우리들 외로운 작업에 힘을 실어주었다. 김형술 시인과 정익진 시인의 발의 · 청탁으로 평론가 김대성 씨의 글을 이번 호에 모시게 된 것은 우리들 모임의 지향을 나타내는 지표가 되었다. 세드나는 그렇게 성장하는 것이다. 우리들은 서로의 수고를 위로하며 태양에서 가장 멀리 떨어진 우주공간 벽지에서 스스로 자존의 궤도를 만들며 회전하는 것이다.

2011년 가을

허만하

차례

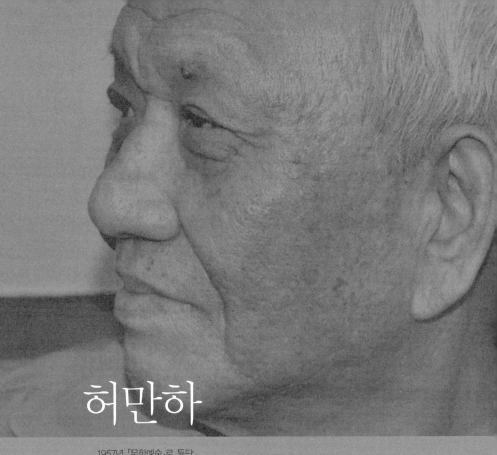

허만하

1957년 『문학예술』로 등단
시집 『해조』 『비는 수직으로 서서 죽는다』 『물은 목마름 쪽으로 흐른다』 『야행의
꽃』 『바다의 성분』 등.
시문집 『시의 근원을 찾아서』.
이산문학상, 박목월문학상 등 수상.

시_비의 동행 / 시인이 사는 동네

산문_세잔느의 도전

비의 동행

　나팔꽃 같은 우산을 받쳐 들고 번들거리는 포도를 걸었을 때 나의 왼쪽 어깨가 젖었었다. 내 곁에 붙어선 그는 바른쪽 어깨가 젖고 있었다. 뿌연 오렌지 빛 가로등 불빛은 온몸으로 비에 젖고 있었다. 길은 끝이 없었다. 갈림길에서 문득 고개를 돌렸을 때 나는 대형 유리창에 비친 그의 얼굴을 얼른 훔쳐 볼 수 있었다. 어디서 본 듯한 그 얼굴은 바로 내 자신의 얼굴이었다. 기억과는 다른 시간에 속하는 나의 얼굴. 비스듬히 들이치는 비에 머리칼이 젖어 있는 얼굴 위에 빗방울이 흘러내리고 있었다. 나는 희미한 우유냄새를 풍기는 엷은 밤안개처럼 젊은 릴케 발자국이 살아 있는 비 내리는 프라하의 거리를 걷고 있었다. 얼굴을 스치는 바람이 비 냄새를 머금고 있던 아, 돌의 도시 프라하.

시인이 사는 동네

그 도시 우체국에 줄지어선 주민들은 발신인뿐이었다. 수취인 주소는 분명히 바다 빛 잉크로 선명하게 적혀 있었지만 그 엽서를 받아 읽었다는 수취인이 없는 이상한 동네였다. 그 도시에는 형무소가 없다. 상당수의 주민들은 벌써 언어의 감옥에 갇혀 있었기 때문이다. 확성기 방송을 따라 주민들이 모여들었다. 광장에 모여든 것은 언제나 모여든 숫자만큼의 쓸쓸함이었다. 목마름이 녹아 있는 물처럼 가슴속 암반 밑에서 쓸쓸함이 울어나는 이상한 바닷가 마을. 인류가 절멸한 뒤에도 폭포처럼 수직으로 서서 흐르는 사간이 영원의 은유란 사실을 아는 주민을 그들은 시인이라 부른다. 그들이 물빛 봉함엽서에 적은 수취인은 바로 자기 자신이었지 타인이 아니었다.

세잔느의 도전

만년의 10년간 세잔느Paul Cézanne, 1839-1906 는 자신이 쌓아 올린 엄격한 구성적 질서에 새로운 역동적인 입김을 불어넣는다. 엑상프로방스의 시골에서 그는 여태 아무도 발을 내딛지 않았던 회화의 세계 깊숙이 혼자서 들어갔던 것이다. 이 무렵 그를 찾아오는 후진들에게 드물게 회화에 대한 자신의 소신을 말했었다. 그 이야기는 체계적인 것이 아닌 단편적인 것이었기 때문에 더 선도가 높은 호소력을 가진 것이었다. 자연을 지각하는 그의 시선이 오염을 모르는 신선한 것이었기 때문에, 그리고 독자적인 것이었기 때문에 "야생의 존재"를 추구하던 현상학자 메를로 퐁티Maurice Merleau-Ponty, 1908-1961의 집중적인 관심의 대상이 되기도 했다.(「세잔느의 의혹」, 『의미와 무의미』, 1948)

풍경은 내 안에서 스스로를 되돌아보고 생각한다. 나는 풍경의 의식이다.

어느 가을날, 엑스의 프라크 지역 한 언덕 위 커다란 한 그루 소나무 밑에 이젤을 세우고 생 빅투아르 산을 그리던 세잔느가 젊은 시인 가스케[Joachim Gaske, 1873-1921]에게 한 말이다.

그는 이어 "자연을 원통, 구, 원추로 취급할 것. 모든 것을 투시화적으로 바라본다면, 물체, 면의 저마다의 장소가 중심의 한 점에 수렴되어가는 것을 알 것이다. 자연은 표면보다도 깊이에 있어서 참된 것이다. 내가 표현하려 하는 것은 존재의 근원, 감각의 부동의 원천이 섞여 있는 그것이다"라는 말을 더한다.

이때 그는 그가 그린 화폭에서 어떤 냄새가 나는지를 가스케에게 묻는다. "소나무 향기"라는 대답에 세잔느는 생 빅투아르 산의 대리석 향기를 색채 안에서 표현하고 싶었다고 말하며 말을 잇는다. 보들레르 또는 졸라 같은 시인들이 단순히 언어를 나란히 배치하는 것만으로 시 전체를, 또는 하나의 시구를 향기 있는 것으로 만드는 것처럼. 감각이 꽉 들어차면 그것은 실재와 조화한다.

세잔느를 앞서기 몇 세기 전, 거의 동일한 세계읽기가 이태리의 한 순수과학자에 의하여 이루어진바 있다. 이번 글에서 나는 그 사실을 소개하며, 과학과 예술이 그 인식의 궁극에 있어서 서로 접선한다는 사실을 통하여 인간 인식이 빙산 밑에서 하나일 수 있는 가능성이라는 문제의 일단을 제기하며, 더불어 세잔느의 자연 연구의 의의를 살펴보고자 생각했다. 그것은 졸시 「목성에 강이 있었다」(『바다의 성분』 2009)에서 그 이름을 엿보이는 갈릴레오 갈릴레이(Galileo Galilei, 1564-1642)가 다음과 같이 말하고 있기 때문이다. 갈릴레이에 의하면,

> 철학의 참된 책이야말로 천지 만물이란 책이다(말라르메를 떠올리지 않을 수 없다-필자). 그것은 항상 우리들 눈앞에 펼쳐져 있으며, 그것은 우리들이 알파벳에 의하여 알고 있는 문자와는 또 다른 문자에 의하여 쓰여져 있으며, 그렇다고 누구나 그것을 읽을 수 있는 것은 아니다. 그 문자는 삼각형, 정방형, 원, 구, 원추, 사각추, 기타 수학의 도형이다.(「리세티에게 보낸 편지 1641, 정월」, Le Opere Furentze 1890-1909, Bd. XVIII, 295; Il Saggiatore 1623, a.a.O., ,Bd. VI, S.232)

갈릴레이에 의하면 자연의 진리는 수학적 사실에 있는 것이다. 자연에 있어서 실재적인 것은 계량적인 것이지 색이랑 소리와 같은 질적인 차이가 아니란 것이다. 세계의 본질을 회화라는 수단으로 탐구하려는 세잔느와 수학이란 방편으로 탐구하려는 갈릴레이가 그 인식의 극한에 있어서 추상적인 도형이란 동일한 틀에 이른 것은 인식론에 있어서 시사하는 바 크다. 더욱 갈릴레이가 묵살한 색에 대해서 선구적인 이해의 깊이를

세잔느는 가졌기 때문에 이 두 거인의 대비는 흥미 있는 과제가 된다. 「세잔느의 의혹」이란 탁월한 에세이를 쓴 메를로 퐁티 Maurice Merleau-Ponty, 1908-1961는 "색이란 우리들의 뇌와 우주가 만나는 장소" 라 말한 사실에 비추어 볼 때 현상학적으로 색의 위치를 살펴보는 것은 우리들에게도 필수적인 과제가 된다. 색은 사물자체는 아닌 것이다. 더욱, 고전적 미학에서 현대미학으로의 전회는 회화에 있어서 〈선〉(관념)에서 〈색〉(감각)으로의 패러다임 전환이란 방식을 밟기 때문에 세잔느에 있어서의 색에 대한 연구는 미학적인 차원 뿐 만 아니라, 인간 지각의 성립을 다루는 철학적인 차원에 있어서도 의미 있는 숙제가 될 수밖에 없다. 당대 화가들의 상투적인 수법을 벗어나 남부 프랑스의 엑상프로방스에 숨어서 독특한 방법으로 자연을 인식하고 그 결과를 화폭에 담은 세잔느의 작품 및 그것을 둘러싸는 그의 설명(소박한 이론)에 철학자들의 관심이 집중되는 것은 당연한 일이다. 『지각의 현상학』(1945)의 저자인 메를로 퐁티가 현상학자의 입장에서 세잔느를 연구한 것이 그러한 연구의 효시가 된 것은 기억할만한 일이다.

22세 전후의 젊은 화가 지망생이었던 파리 시절의 세잔느가 한 카페에서 피사로Camille Pissaro, 1830-1903를 만난 것은 화가 개인으로서 뿐만이 아니라 현대 회화의 역사를 위해서도 의미 있는 사건이었다. 릴케는 세잔느가 40세까지는 보헤미안으로 살았지만 피사로를 만나고부터 그림 그리기를 좋아하게 되었다는 말을 한바 있다. 세잔느에 대한 벗 피사로의 충고를 요약하면 다음과 같다.

첫째로 자기 자신의 기질에 맞는 모티프를 찾을 것. 그리고 그 것을 선묘線描 보다도 형태와 색에 대해서 관찰할 것. 형태에 윤곽선을 그리는 일은 불필요할 뿐 아니라 전체 인상을 그릇치고 감각sensations을 파괴한다. 색반色斑tache의 해조諧調가 사물의 형태를 낳고 선묘를 낳는다. 모든 것을 단번에 그리도록(a tou simultanement), 한 부분을 그리고 또 다른 부분을 그리고 하지 말고, 주위와의 관계로서 색의 형세를 정확히 관찰하여 전체에 색을 칠하십시오. 규칙이랑 원칙에 따라 제작을 진행하지 말고 당신이 지각하고 감각하는 것을 재빨리 그릴 것. 최초의 인상impression이 중요하기 때문에. 자연 앞에서 겁먹어서는 안되요! 잘못을 저지를 위험을 각오하고 대담해져야 하오. 스승이 되는 것은 단 하나 자연뿐이오.

인상주의에서 그림의 새로운 길을 발견한 세잔느는 대상을 빛 안에 용해시켜 버리는 인상주의의 길에 완전히 동조할 수 없었다. 그는 "인상주의에서 무엇인가 미술관의 작품 같은 견고한 것을 만들어내고 싶다"라는 말을 하기에 이른다. 그는 인상주의가 이미지를 시간적으로 결정하는 것으로 파악하고 순간성을 주장하는데 동조하지 않았다. 세잔느는 찬찬히 공들인 제작으로 자연을 연구하려 했다. 즉 자연의 본질을 회화의 수단으로 탐구하려 했던 것이다. 인상주의적 세계읽기 에 대한 동조에서 출발한 세잔느는 인상주의의 원리를 벗어나기 시작했던 것이다. 보는 일에서 얻은 인상을 유동적이고 변화하는 것으로 파악하는 것이 아니라, 움직이고 있음에도 불구하고 그것은 질서를 갖춘 것으로 이해했기 때문이다. 인상주의란 용어를 야유조로 쓴 평론가 카스타냐리J-A Castagnary, 1830-1888가 인상주의자들은 풍경을 파악하고 있는 것이 아니라, 풍경이 만들어내는 인상을 파악한다고 빈정댈 수 있었던 분위기가 팽배해있었던 것이다. 이러한 회화환경 속에서 세잔느는 자각적으로 고독한 섬의 주민이 되어 자신이 보는 것을 믿고 모든 지식과의 관계를 단절하는 금욕적 자세를 지키며 독자적인 길을 개척해 갔던 것이다. 이 길 위에서 세잔느는 선구자의 비극과 영광을 함께 짊어 졌던 것이다.

그는 참된 화가의 책무는 자신의 눈에 보이는 것을 재현하는 것이 아니라, 〈시원적 지각〉을 눈에 보이도록 한다는 것이라 믿었던 것이다. 그는 "내가 그려내려 하는 것은 존재의 뿌리 그 자체에 휘감겨 있다"고 말했다. 그가 말한 〈존재의 뿌리〉 란 〈시원적 지각〉으로 〈태어나는 질서〉를 지각하는 일이라 해석할 수 있다. 그것은 지각 이전의 "야생의 세계"를 말하는 것이라 읽어도 무방한 표현이라 나는 생각한다. 세잔느의 이러한 그림 그리기는 『지각의 형이상학』의 저자인 메를로 퐁티가 철학에서 전개하려 했던 주제에 부합하는 자세다. 『지각의 형이상학』의 멋진 서문에서 우리는 이 저자가 다음과 같이 말하는 것을 만나게 된다. 그는 이차대전 중(1942년경) 『지각의 현상학』을 준비하고 있을 때 에세이 「세잔느의 의혹」을 썼던 것이다.

참된 철학이란 세계를 보는 것을 다시 배우는 일이다.

세잔느는 엑상프로방스에서 다양한 모습의 생 빅투아르 산을 화폭에 담으면서 자신도 모르는 사이 소박한 현상학자가 되고 있었던 것이다. 세잔느는 자신의 의도를 자연을 실현realization 하는 것이라 불렀다. 그에게 자연은 수수께끼로 가득한 계시였던 것이다.

그 계시 앞에서 그는 한정 없이 겸손할 수밖에 없었다. 그의 과로와 긴장은 그를 괴롭히던 당뇨병을 악화 시켰다. 이따금 찾아 드는 우울증과 싸우면서 그는 이젤을 메고 비탈길을 걸었었다.

죽음을 한 달 앞둔 1906년 9월8일 67세의 그는 아들에게 띄운 편지에서 다음과 같이 말하고 있다.

화가로서의 나는 자연 앞에서 점점 더 명석해지고 있지만, 내 감각의 실현은 항상 고통스럽다는 사실을 말해야 할 것 같다.

내 감각 앞에 펼쳐지는 강도를 (내손이) 따라잡을 수가 없구나. 자연에 활기를 불어넣는 색의 찬란한 풍요를 나는 가지지 못한다. — 그러나 자연은 아름답다.

세잔느는 근원의 목격자였다. 세잔느가 보는 자연은 이미 알고 있는 자연을 앞서는 또 하나의 새로운 자연이었다. 그가 아들에게 고백하는 고통스러움은 〈최초의 언어가 가지는 어려움 les difficultede la primitere parole(메를로 퐁티)〉과 같은 것으로 해석해도 좋을 것이다.

자연에 생기를 불어넣는 색의 찬란한 풍요에 대결하기 위하여 세잔느가 잡고 있던 팔레트에 있는 색을 에밀 베르날은 다음과 같이 소개하고 있다. 노랑색(黃) 5가지, 브릴리언트 옐로우, 네이플스 옐로우, 크롬 옐로우, 옐로우 오카, 로세나, 빨강색(赤) 6가지, 바밀리온레드, 오카, 반토시에나가란, 스레키-카마인레키, 반토레키, 초록색(綠) 3가지 베로제네 그린, 에메랄드 그린, 텔베를, 푸른색(靑) 3가지 코발트 블루, 울트라마린 블루, 프러시안 블루, 그리고 검정색(黑) 1가지 피치 블랙

그는 이런 물감을 섞는 비율을 바꾸고 조절함으로서 '아름다운 자연'을 연구했던 것이다.

세잔느의 회화에 대한 메를로 퐁티의 평가가 다분히 현상학적인 것이었다면 시인 릴케의 평가는 어떤 것이었을까. 1907년

6월 3일, 이태리 체류에서 파리에 돌아온 그는 볼테르부두 호텔에서 아내 클라라에게 편지를 쓴다. 그에게는 보는 일이 일상이 되어 있었던 것이다.

다른 도시에서는 보는 일과 일을 하는 일은 무척 다르다. 당신은 먼저 보고 나중에 생각한다. 그러나 이곳에서는 보는 일과 일은 거의 같거나 동일하다. 나는 또 돌아왔다. 파리에 온다는 일은 이상한 일도 별난 일도 아니다.

이후 그는 파리 제6구의 카세테 거리 29번지에 정착하여 그의 세 번째 파리 생활을 시작한다. 릴케는 그해 10월 6일 처음으로 세잔느 기념 전람회를 살롱 두똔느에서 살펴보고 10월 22일까지 거의 매일 세잔느의 그림 앞에 선다. 그러면서 조각가였던 아내 클라라에게 편지를 띄우며 그 소감을 쓴다. 그 편지들은 『세잔느 편지 Briefe über Cézanne』로 사후에 발간되었다. 이 저서를 읽어보면 릴케가 세잔느가 회화에서 이룩했던 일을 언어로서 시에서 건축하려 했던 사실을 알 수 있다. 릴케는 세잔느의 회화에 숨어 있는 균형과 대조 그리고 화면을 구성하는 색채의 논리에 빠져들어 새로운 조형의 세계에 눈 뜬다. 1907년 가을에 이루어진 세잔느 체험은 내면적인 변혁의 힘과 질박하고 허세를 거부하는 진실성이란 면에서 로댕 이상의 영향을 릴케의 시 세계에 끼쳤던 것이다. 릴케 자신이 시 쓰기와 위기를 만나, 사실에 따라 이야기해야 하는 방향전환이 요청되었을 때 세잔느의 회화가 그 모범으로, 지침으로 나타난 사실을 부인에게 쓴 편지에서 다음과 같이 말하고 있는 것도 주목할 만한 일이다.

내가 인식한 것은 이 회화에서도 변화다. 내 자신도 그 변화를 시 쓰기에 있어서 이룩했으며, 그렇지 않다 치더라도 이런 변화에 근접해있었기 때문이다(10월 18일). 릴케는 자기의 시에 영향을 끼친 사람 이름을 대야할 때 뮈조트에서의 편지에서 1906년 이후 폴 세잔느가 자기의 최고의 범례가 되었으며, "이 거장의 사후 나는 어느 곳에서도 그의 흔적을 따랐다"고 대답했었다.

아내에게 쓴 이 일련의 편지 모음은 아무런 전제나 계획 없이 쓰여진 것이기 때문에 오히려 전체적으로 조응이나 연관을 가진 훌륭한, 그리고 분위기 있는 세잔느론이 되어 있다. 편지마다 다른 주제를 다루고 있는 이 저서의 내용을 요약한다는 것은 무모한 일일 뿐 아니라 불가능한 일이다. 그 가운데서 인상적인 구절을 간추려보면 다음과 같다.

풍경이랑 정물을 그릴 때는 대상을 앞에 두고 양심적으로 인내하며 대상을 받아드리는 방식은 극도로 복잡한 우회길을 잡은 뒤였다. 가장 어두운 색에서 시작하여, 그 어두운 깊이를 한 종류의 색조로 덮고, 좀 어두운 그늘에서 삐져나오듯 그 색을 칠하고, 색 또 색을 칠할 때 마다 그 범위를 넓혀 가면서 앞으로 나아가, 점차로 별개의 대조적인 회화요소에 도달한다. 그리고 그곳에서 새로운 중심애서 다시 출발하여 같은 처리를 되풀이한다.

그에게 확증을 주는 것, 사물이 되는 일, 그 자신이 대상에 따라 체험학, 그 체험을 통하여 파괴를 모르는 존재까지 강화된 현실, − 그의 가장 내적인 작업의 의도라 생각되는 것은 그 일이었다. 나이 들고 병든 몸이 되어 날마다 같은 일로 밤이면 기절할 정도로 일만하고(그것은 이따금 그는 감각 없이 마시다시피 삼킨 저녁 빵 식사 뒤 둘레가 어두워지는 6시쯤에 잠자리에 들만치 격렬했다.) 그러나 그는 다음날에도 역시 악전고투를 시작하고 있었다. 아침 6시에는 일어나, 마을을 지나 아틀리에에 가서, 10시까지 그곳에서 일했다. 그리고 같은 길을 지나 식사하려 돌아와 마치고는 다시 나서서 아틀리에를 지나 30분가량 야외를 걷기도 했다. "모티브를 찾아sur le motif" 계곡에 들어서지만, 그 계곡 앞에는 생 빅투아르 봉우리가 천의 도전을 거느리고 필설로 다할 수 없는 모습으로 솟구쳐 있었다. 그러면 그는 그곳에 몇 시간이나 주저앉아 "플랑(Plans−생명력을 가진 면을 말하는 로댕의 표현−필자)"을 찾아내어 그림 안에 집어넣는 작업에 몰두했다.
후년의 그는 색채를 개성적으로, 선인이 한 번도 사용한 적이

26

없는 방식으로, 단지 사물을 색으로 만들어내기 위하여 쓰고 있다. 색은 오직 사물을 실현 하는 일 가운데서 승화해버린다. 나머지는 없다. 색과 색이 서로 토론을 계속하기 위해서는 색을 얼마만큼 혼자 방치해주지 않으면 안 되는지 그런 이야기를 하고 싶었던 것이다. 색채 상호의 교류, 그것이야 말로 참된 회화인 것이다. 그것에 입을 댄다던가, 구도를 정리하던가, 인간이 가지는 사려 또 재치 또 대변이랑 정신적으로 제멋대로의 곡절에 어떤 작용을 허용하는 일은 색 그 자체의 행위를 방해하고 불순하게 해버린다. 화가는 자신의 여러 가자 견해를 의식해서는 안 된다(예술가 일반에게 그렇게 말할 수 있지만. 예술가가 가지는 수수께끼를 닮은 진보는 자신의 반성이라는 우회로를 통하지 않고 자신대로 한 발자국을 넘어서는 순간조차 그것을 의식할 수 없을 만치 빨리 일에 몰입할 수 있지 않으면 안 된다).

나는 오늘도 세잔느의 그림을 찾아갔다. 이들 그림이 일종의 분위기를 자아내는 것이 이상했다. 개별 그림을 주시하지 않고 두 넓은 홀의 중간에서 서성거리는 것만으로도 이들 그림의 현존이 모여들어 하나의 거대한 현실이 되는 것을 느낄 수 있다. 마치 이들 색채가 보는 자의 마음에서 어중간함을 당연히 빼앗아 가버리는 것이다. 이 빨강의, 이 푸름의 나타내는 양심, 그들의 단순한 참됨이 보는 자를 교육한다.

세잔느는 그의 회화 원리를 글로 남긴 것이 없다. "우리들 모두의 아버지"(피카소) 또 "탁월한 스승"(클레)라 일컬어진 세잔느가 자신의 화법과 그리기의 목적에 대해서 즐겨 썼던 말로 "모티브의 실현realization of motif"이 있으나, 이 휘발적인 표현에 대한 해석이 다양하여 그 다양성에 호응하는 세잔느론이 있는 것이 현실이다. 온전한 표현을 얻지 못한 이 개념은 'Cézannesque'란 어휘로 떠돌기도 했다. 릴케도 그의 편지(10월 9일)에서 극히 주관적인 차원이긴 하나, 이 'realization실현=현실화'란 말에 대한 언급을 보이는 사실을 나는 주목한다. 세잔느 사후 1년이 지난 때의 시인 릴케의 언급이니 만치 살아 있는 해석이 될 수 있을 것이다.

일에 대해서 그는 자기가 40이 될 때까지는 보헤미안으로 살았다고 말하고 있다. 피사로를 알게 되어 비로소 일이 좋아졌다고. 그러나 그로부터 그 후의 그의 후반생 30년을 단지 일만 했다고 말할 수 있을 정도의 열중을 보였다. 겉으로 보기에는 물론, 아무런 즐거움 없이, 끊임 없는 분노가운데서 그의 그림 하나하나가 갈등을 보이는 가운데서, 그 어느 하나도 자기가 불가결Unentberliche하다고 보는 것을 달성할 수 없다고 생각하면서 일했다. 그 불가결의 것을 그는 'realization실현=현실화'라 불렀다.

석학 들뢰즈Gilles Deleuze 1925-1995도 세잔느의 〈모티브〉란 말에

대한 도전을 시도했다. 비록 그것이 프란시스 베이컨Francis Bacon
1909-1992의 그림을 연구하는 자리에서 역조사하는 것이긴 하나,
귀 기울일 만한 선도를 가진 것이라 생각된다. 더욱 이번 글 첫
머리에서 다루었던 자연(세계)의 기하학적 구도와 무관하지 않
은 해석을 보이는 점에서 더욱 그렇다. 그의 『감각의 논리』(1981,
민음사, 하태환 옮김)의 일부를 인용한다.

> 세잔느만큼 무질서와 대재난을 강렬하게 경험한 화가도 없다.
> 그리고 그는 어떤 대가를 치르더라도 이러한 것을 제한하고
> 조절하기 위해 투쟁하였다. 무질서와 대재난은 모두 구상적
> 여건들의 붕괴이다. 따라서 이것은 이미 일종의 투쟁, 판에 박
> 힌 것에 대항한 투쟁이고 예비작업이다. …중략…거기서 기하
> 학은 〈뼈대〉이고 색채는 감각, 즉 〈착색감각〉이다. 도표는 정
> 확히 세잔이 모티브라 부른 것이다. 사실 모티브는 두 가지로,
> 즉 감각과 뼈대로 만들어진다. 모티브는 이 둘의 얽힘이다.

그러나 세잔느가 애용한 모티브와 실현 개념은 그의 회화시
대에 따라 그 의미와 함량이 변한 것은 이미 알려져 있는 사실
이다. 그러나 들뢰즈가 그런 사실을 뛰어넘어 추상에 이르는
길에 맞추어 그의 논의를 전개하는 것은 세잔느 그림의 핵심을
파악한 면에서 정당한 일이라 생각된다.
시인 릴케는 오직 일만을 위해 살고 있는 세잔느의 색의 논리

에 대해서 독특한 어법으로 아내에게 설명하고 있다 . 세잔느의 보는 일에 대해서 하이데거도 비상한 관심을 베풀었다. 언젠가 『현대시학』의 권두시론의 일부로 발표한 것으로 기억되는 일이지만, 하이데거는 다음과 같이 말하고 있다. 그는 엑상프로방스를 찾아 세잔느의 길을 걸었던 것이다.

세잔느의 고향에서 지낸 며칠은 철학서가 완전히 갖추어진 도선과에 필적한 것이다.

메를로 퐁티는 최후의 논문 「눈과 정신」(1964)에서 시각과 사유 사이의 틈새 또 일치, 〈시각의 수수께끼〉를 들추어내면서 다음과 같이 말하고 있다.

분명히 사유를 동반하지 않는 시각은 없다. 그러나 보기 위해서는 생각하는 것만으로는 충분하지 않다. 시각은 신체에 일어나는 일을 기연으로 a l'occasion 태어나는 것이다. 시각은 신체에 의하여 촉진되어 사유하는 것이다.

메를로 퐁티는 시각을 〈사유〉의 일종으로 환원하려 하는 데카르트에 반대한다. 어떤 의미에서 데카르트는 공간을 해방했지만 이 공간을 데카르트는 모든 관점, 은폐성, 수평적 깊이, 두께를 전혀 가지지 않는 긍정적 존재자로 만들어버린 것을 비판한다. 메를로 퐁티는 공간과 사유사이에 〈심신의 복합체〉란 차원을 도입하는 것이 시각이라 말한다. 그는 "내 생각으로는 세잔느는 평생 동안 수평의 깊이를 추구했던 것이다"라 말한 자코메티Alberto Giacemeti, 1901-1966의 말을 인용하면서 다음과 같이 말하고 있다.

> 수평의 깊이는 언제나 새롭다. 그리고 그것은 '평생에 한번'
> 이 아니라, 평생에 걸쳐 끊임없이 추구할 것을 요구한다.

근대에 접어들어 인간은 형이상학을 잃어버리고 그 대신 인식론을 붙들었다. 바꾸어 말하면 처음으로 바깥을 의식하게 되어, 스스로가 보는 존재가 된 것이다. 세계를 대상으로 바라보는 일을 통해서 인간은 주체가 되어 세계에서 고립하게 되었다. 이 소외를 기점으로 〈시각의 수수께끼〉에 대한 논의는 새로운 선도를 가진 과제가 되었다. 시의 지평도 이러한 사태와 무관할 수 없다.

박형섭

부산대 불문과 교수.
저서 『아르토와 잔혹연극론』(공제).
역서 『기호와 몽상』 『노트와 반노트』 『도둑일기』 등.

산문_ 이오네스코 혹은 몽환의 희극성

이오네스코 혹은 몽환의 희극성

1994년 3월 28일 파리에서 극작가 외젠 이오네스코가 죽자, 그 다음 날 서방의 주요 일간지들은 다음과 같은 타이틀 기사들을 쏟아냈다. "부조리의 왕자, 이오네스코", "부조리의 시인", "인간의 부조리", "몽환의 희극성", "성스러운 소극笑劇", "이오네스코, 전통의 파괴자", "새로운 연극의 형태들" 등등. 이러한 표현들은 이오네스코나 그의 연극을 언급할 때, 그가 극작가로 처음 데뷔할 때부터 늘 따라다니던 것들이다. 이 가운데 "몽환의 희극성"이라는 말이 언뜻 눈에 들어온다. 몽환은 꿈과 환상을 말한다. 이오네스코의 연극을 말할 때 이보다 더 적절한 표현은 없을 듯하다.

1. 에피소드

이오네스코의 어린 시절은 흔히 잃어버린 낙원으로 불린다.

그 시절의 아름다운 추억, 잊을 수 없는 체험, 헤어짐과 만남, 삶·죽음·존재에 대한 최초의 발견 등은 감수성이 예민한 소년을 시적 상상력의 세계로 이끌었다. 특히 엄마 손을 잡고 파리 한 복판의 뤽상부르 공원에서 인형극을 본 기억, 그 때의 인상은 어린 이오네스코가 훗날 탁월한 극작가로 성장하는 데 크게 기여했다. 인형극 속의 현실과 환상의 교차, 기이함과 신비함, 조화와 부조화의 느낌 등은 꿈 많은 소년을 일평생 연극이라는 환상의 세계로 인도한다.

하나의 에피소드. 이오네스코는 1909년 루마니아의 슬라티나에서 태어났다. 그런데 문학사나 연극사에 기술된 그의 출생년도는 1912년으로 기록되어 있다. 이 일은 있음직하지만 부조리하게 보인다! 그럼 왜 이런 오류가 발생했으며 오늘날까지 하나로 통일되지 않는 것일까? 그 이유는 너무도 우스꽝스럽고 엉뚱하다. 하나는 당시 루마니아에 유아사망률이 높아서 죽고 난 후의 번거로움을 피하려고 부모가 출생신고를 3년 늦게 했다는 것이다. 둘째는 이오네스코가 프랑스 연극계에 데뷔한 시기가 1950년 5월 11일로 파리 녹탕빌 극장에서 처음으로 『대머리 여가수』를 공연한 날이었는데, 이 낯선 무대에 자신이 30대 후반의 젊은 작가임을 과시하고자 나이를 허위로 밝혔다는 것이다. 이 우스꽝스러움과 엉뚱함은 부모의 출신국이 다르기 때문에 그가 겪은 이중적 언어체험, 두 나라의 복합적인 문화 체험 등과 마찬가지로 작가에게 특권적 에피소드가 될 것이다.

방금 문화 체험이라고 말했지만, 그것은 이오네스코가 나중에 루마니아와 프랑스를 오가며 겪었던 문화적 차이의 충격으로 확대 재생산된다. 문화적 충격은 개인이 본래 가지고 있던 것과 매우 이질적인 요소들을 만남으로써 정신적으로 혼란에 빠질 때 발생한다. 즉 다른 언어, 다른 가치관, 다른 유머, 다른 기호체계 등 사유하고 보고 느끼는 방식의 차이에서 비롯하는 것이다. 특히 모국어가 아닌 다른 언어를 사용함으로써 자기의 생각을 마음대로 표현할 수 없을 때 느끼는 답답함과 절망, 또는 자기의 습관대로 행동할 수 없을 때의 불만족은 언제나 누구에게나 발생하는 일이다. 남에게 자신을 이해시킬 수 없거나 스스로를 이방인이라고 간주하는 것은 심한 소외감을 불러온다. 작가는 이런 문화적 유배를 감수성이 예민했던 시기에 겪었다.

또 다른 에피소드. 프랑스 비평은 이오네스코의 문단 데뷔를 1950년으로 보고 있으나, 루마니아 비평은 그 보다 훨씬 이전인 1928년으로 잡고 있다. 동일한 작가에 대한 기술이 판이한 것이다. 그 까닭은 이렇다. 1928년은 그의 나이 21살, 루마니아 문단에 시인으로 등재한 때다. 그는 이미 대학시절에 시를 쓰고 문예지에 발표한 바 있었다. 1931년에는 루마니아어로 『미세한 존재들을 위한 엘레지』란 시집을 출간했다. 따라서 루마니아 문학사는 당연히 이때를 그의 데뷔시기로 정했을 것이다. 그러나 프랑스 비평은 그가 프랑스로 망명하여 프랑스어로 작품 활동을 한 때를 기점으로 문학사에서 다룬다. 이처럼 한 작가가 서로 다른 두 문학사에 귀속되는 일은 흔치 않다. 이 역시 호사가들은 부조리하다고 말한다.

대학에서 문학수업을 받던 청년 이오네스코는 시 창작은 물론이고 당시의 전위적 문학운동과 비평 활동에도 적극 가담했다. 그의 시는 상징주의와 초현실주의에 경도돼 있었으며, 비평의 경향은 보수적 가치판단에 대한 거부와 반항으로 점철되었다. 상징적인 의미를 담고 있는 제목의 비평서 『거부』는 그가 1934년 프랑스어 교사자격증을 획득한 시기에 출판되어 큰 반향을 일으켰다. 당시 유럽의 문화예술계를 강타하며 가치전복을 기치로 내걸었던 아방가르드 운동, 다다 운동의 중심인물이 루마니아 출신의 트리스탕 짜라임은 잘 알려진 사실이다. 모든 것을 맹렬히 거부하고 부조리를 찬양하는 이 운동이 부쿠레슈티에서 시작되었던 것이다. 이오네스코가 초현실주의의 위대한 선구자로 간주했던 시인 우르무즈Urmuz가 그곳에서 활동했다. 또한 이오네스코는 평생의 문우, 세계적인 신화학자 메르시아 엘리아데의 초기 소설 『벵골의 밤』을 극찬하다가, 얼마 후 비평에 대한 신뢰성에 의문을 제기하며 오히려 혹평으로 돌아서기도 했다. 즉 문학에서 절대적 가치의 우열을 평가할 수 없다는 점을 입증하기 위한 불가피한 태도를 보였던 것이다. 아무튼 20세기 전반의 사회상황이 그랬듯이 이오네스코의 주변은 온통 변화와 불안정, 가치전복과 선동적 분위기 일색이었다. 양친의 이혼에 따른 정신적 고통과 삶의 어려움은 물론이고 전쟁과 사회적 불안, 문화예술계의 투쟁적 분위기 등은 작가를 끝없이 번민하게 만들었다. 그러나 오히려 이러한 번민과 갈등은 그의 정신적 깊이를 더욱 심오하게 만들었을 것이다. 부쿠레슈티에 또 한사람 빠뜨릴 수 없는 지성인이 있었다. 그는 『존재의 유혹』의 저자, 훗날 위대한 철학가로 성장할 에밀 시오랑이다. 이오네스코는 정신적으로 방황하면서도 이와 같은 지식인들과 교류하며 서서히 몽상가의 대열에 합류한다.

2. 인물의 환상성

극작가에게 꿈은 매우 중요하다. 꿈은 잠자는 동안 체험하는 스펙터클이다. 이오네스코에게 꿈속의 인물들은 드라마 속 주인공들만큼 현실적으로 보였을 것이다. 그들은 꿈과 현실 사이에서 모호한 거동을 취하고 있다. 꿈속의 인물들은 더 이상 심리현상으로 파악되지 않으며, 행위도 통일성이나 연속성을 상실하고 있다. 나아가 타인과의 관계나 의사소통도 불가능한 존재로 홀로 떠도는 영혼들, 혹은 가면들과 같은 느낌을 준다.

몇 가지 예를 들어보자. 이오네스코의 연극에는 초현실적 존재들, 가령 코가 둘이나 셋인 사람, 손가락이 아홉 개인 사람, 머리가 없는 사람, 심지어는 눈에 보이지 않는 인간들이 등장한다. 『자크 혹은 복종』에서 자크의 약혼녀들의 신체적 특징은 매우 괴상하며 우스꽝스럽다. 로베르트I은 하얀 베일을 쓰고 등장하는데 베일을 벗자 두 개의 코가 나타난다. 자크 가족들은 그녀를 보고 놀라면서도 경탄한다. 그러나 자크는 의외의 반응을 보인다. 그는 그녀에게 매력을 느끼기는커녕 코가 셋인 또 다른 약혼녀를 찾는다. 잠시 후 세 개의 코를 가진 로베르트 II가 등장한다. 그녀는 피카소 그림에서처럼 세 개의 얼굴 모습을 하고 있다. 작가는 가면 사용의 가능성을 제안하면서 거기에 어떤 아름다움, 절대적 의미를 부여했다. 그것은 마치 기이한 동시에 우아한 모양의 여러 얼굴을 가진 극동의 신들을 상징하는 듯하다. 그녀는 자크를 유혹하기 위해 왼손의 손가락이 아홉 개임을 과시한다. 연극이 끝날 즈음, 관객은 좌우로 흔들거리는 코가 셋인 그녀의 창백한 얼굴과 파충류처럼 움직이는 아홉 손가락들을 볼 것이다. 그러한 코와 손가락의 다수성은 자크를 집어삼킬 로베르트의 남근 숭배적 특성으로 읽힌다. 녹색의 머리칼을 가진 자크 역시 최후의 변신을 예고하듯 환상적 자세를 취한다. 『결혼하는 청년』의 경우도 마찬가지다. 이 작품은 텔레비전 발레를 위한 시나리오인데 여기 등장하는 신부들도 자크의 약혼녀처럼 환상적이다. 그녀들 역시 이상한 가면을 쓰고 있다. 개의 머리를 한 여자, 당나귀의 귀를 가진 여자, 두 개의 코, 네 개의 눈을 가진 여자 등. 마지막 신부는 로베르트II처럼 세 개의 얼굴을 가졌다. 또한 청년의 가족들은 모두 큰 코와 긴 턱을 두 개씩 가지고 있다. 그들의 외양은 크고 날씬하지만 장인과 장모는 키가 작고 배가 불룩하다. 전통적 소극笑劇에서 볼 수 있는 대립쌍이다. 이를테면 크고 마른 사람과 작고 뚱뚱한 사람과 같은 신체의 대립적 유형은 로렐과 하디의 경우를 환기시킨다.

라디오 극본인 『자동차 전시장』에 등장하는 인물의 코 역시 남근숭배를 상징하는 듯하다. 한 신사가 판매원 아가씨에게 자신의 코를 빌려 준다. 그녀는 신사가 구매할 차를 더욱 잘 보이도록 안내한다. 그녀는 아무렇지도 않은 듯 그의 코를 빌린다. 이어서 그 코를 자신이 소유하겠다고 말한다. 두 사람 사이에서 코의 우스꽝스러운 교환은 서로 알고지내는 매개수단이 되었다가 갈등과 사랑의 동기로 작용한다. 신사는 자동차판매원의 소개로 여러 대의 차를 시승해 본 후 "젊은 금발의 차"를 구매하기로 결정한다. 즉 아가씨–자동차와 결혼할 생각을 하는 것이다. 이러한 등장인물–오브제는 아가씨 혹은 자동차이며 신사는 자동차를 사랑하는 환상의 희생자가 된다. 그 사랑은 자동차를 여자로 둔갑시키는 상상력의 산물이다. 이러한 환각은 자동차전시장에서 환상적 분위기를 자아내는 소음에 의해 조장된다.

인물의 환상성은 변신을 통해 더욱 잘 드러난다. 극중의 인물들이 반복의 틀 속에 고정되어 있는 듯하지만 개성은 일관적이지 않다. 그들의 내면은 매사에 예기치 않은 양상을 보이거나 변신을 일삼는다. 이러한 인물들의 패러독스는 불변하는 습관에 집착하는 데서 비롯한다. 작가가 연기지시를 통해 인물의 특성을 표현할 때 그것은 주인공의 변신이나 이중적 인격을 예고하는 것이다. 『의자들』의 할멈, 『수업』의 교수, 『의무의 희생자』의 수사관 등이 그렇다. 할멈은 두 노인의 망상이 시작될 때 거의 환각 속에 빠져 신경질적으로 변한다. 처음에는 사랑스럽고 충실한 아내였지만, 시간이 흐를수록 "늙은 창녀의 미소"와 음란성을 드러낸다. 그때까지 억눌려왔던 할멈의 성적 불만이 갑자기 표출된다. 마치 망상이 억압에서 벗어나는 듯하다. 『수업』의 진행은 교수가 변신하는 과정을 잘 보여준다. 처음에 교수는 친절하고 수줍음을 타는 듯했다. 그는 인내심과 온화함의 이미지 그 자체였다. 하지만 곧 억제된 욕망이 불타듯 폭발한다. 교수는 학생을 죽일 정도로 점점 공격적이고 위압적으로 변한다. 그는 옷 벗은 여학생 앞에서 오르가슴과 같은 희열을 느낀다. 그는 사디즘적 성욕의 화신이다.

다른 차원의 환상적 변신도 있다. 『그림』에서 주인공 신사는 누이 알리스가 비난을 퍼붓자 그림 속의 여인을 질투하며 총으로 위협한다. 결국 그녀는 총에 맞아 죽지만 그림 속의 여자와 닮은 조상彫像, 환상의 여인으로 변한다. 그녀의 가발과 안경은 바닥에 떨어지고 팔은 잘려나간다. 신사는 그 모습을 보면서 미친 듯 때로는 그림 앞에서, 때로는 알리스 앞에서 절하기를 반복한다. 그는 이미지 혹은 환상의 여자와 비현실적 사랑에 빠진다. 알리스는 더 이상 여자가 아닌 조각품으로 신사의 욕망의 대상이 된다. 셰익스피어의 작품을 패러디한 『맥베드』에서는 레이디 덩컨과 시녀의 모습을 한 두 여자마술사들이 옷을 벗으면서 변신이 완성된다. 마술사는 주술적인 춤을 추면서 또 다른 마술사를 레이디 덩컨으로 변신시킨다. 그녀가 지팡이로 다른 마술사를 건드릴 때마다 변화가 일어난다. 즉 지팡이로 낡은 망토를 떨어뜨리고 안경과 어깨걸이를 제거하자 상대 마술사는 아름다운 옷을 입은 여인으로 변한다. 『코뿔소』에서는 베랑제를 제외한 인물들이 저항할 수 없는 신비한 힘에 사로잡힌다. 그들 모두 순식간에 코뿔소로 변하는 것이다. 2막2장은 장이 코뿔소로 변신하는 과정을 보여준다. 변신의 병적 징후는 호흡이 거칠어지고 힘줄이 부풀어 오르면서 나타난다. 또 이마에 혹이 돋아나며 피부색이 파랗게 바뀐다. 장은 헐벗은 채 고개를 숙이고 거칠게 뛰어다닌다. 그가 야수로 변한 것이다. 이오네스코의 경우 옷을 벗거나 의상의 변화에 따른 변신은 언제나 인간성의 박탈을 수반한다. 변신은 어투의 변화, 인간적 세계에서 비인간적 세계, 인간이 사물이나 동물로의 이행, 혹은 역으로 마술사와 같은 초자연적 세계에서 인간적 세계로의 이행을 보여준다. 이 육체적 변화현상은 바로 고통 속에서 살고 있는 정신분열증 환자의 드라마와 흡사하다. 즉 참을 수 없는 육체적 상실의 고통을 겪는 모습이다. 그것은 몽환적 인간 형태, 조상彫像같은 육체, 사자死者, 동물성 등을 체험하도록 한다. 몸은 광기에 휩싸이게 되며 타자의 육체, 사물로 간주되는 육체로 변한다.

『의자』에 등장하는 인물들은 너무 비현실적이라서 그들이 물질적 존재인지 분간할 수조차 없다. 그들의 모습이 보이지 않는 것인지, 진정 나타나지 않은 것인지 알 수 없다. 그러나 그 보이지 않는 인물들은 현실감을 유지해야 한다. 극작가가 초대 손님들을 마치 실제의 인물들처럼 묘사하고 있기 때문이다. "눈에 보이지 않는 마담이 웃는다"는 식으로 말이다. 또한 그는 특별히 연출가에게 보이지 않는 인물들이 환각의 산물로 연기되어서는 안 되며, 관객은 보이지 않는 사람들의 현존을 느껴야 한다고 요청한다. 이처럼 작가는 연극의 환각적 차원, 비현실적인 세계에 대해 주의를 기울인다. 그가 창조한 인물들은 현실과 일치하지 않으며 초현실주의자들이 몽상했던 것과 같은 존재이다. 그렇다면 그런 인물들은 어떤 식으로 말하고, 어떤 언어를 주고받을까. 자신들의 모습만큼 환상적이거나 모순적이지 않을까.

3. 조롱의 언어

첫 희곡 『대머리 여가수』를 통해 이오네스코가 주창한 것은 언어의 이념, 의사소통의 메커니즘에 대한 이의제기였다. 그의 초창기 극작술은 연극에서 인습적으로 사용하던 언어표현을 거부하는 일에서 출발한다. 대화는 지리멸렬하며 일관성도 없고 특별한 화제도 없다. 작가는 전통무대에서 흔히 볼 수 있는 서술이나 사건에 대한 인식, 해결 등을 의도적으로 해체하며 서술적 무대의 인위성을 조롱한다. 『대머리 여가수』의 스미스 부부는 서로 모르는 사람들처럼 말한다. 이야기 하던 중 자기들이 같은 기차의 같은 칸을 타고 왔고, 현재 같은 거리 같은 아파트에 살고 있으며, 심지어 같은 딸을 데리고 있음을 알게 된다. 일련의 확인절차를 통해 자신들이 남편과 아내임을 인식하는 것이다. 어떤 감추어진 사실을 폭로하는 것이 아니라 이미 알고 있는 사실을 재구성하면서 우스꽝스런 상황을 만들어낸다. 또한 작품의 제목은 어떤가? 대머리와 여가수가 주는 느낌은 매우 기이하며 낯설다. 그러나 정작 작품 속에는 어떤 대머리도 어떤 여가수도 등장하지 않는다. 이처럼 작품 속에 등장하지도 않는 인물, 언어적 표현 자체가 이상한 "대머리 여가수"란 제목 밑에 붙인 "반연극anti-pièce"이란 부제가 이미 어떤 정보를 제공한다. 제목에서부터 연극적 인습을 깨는 작업을 시도했던 것이다. 상투적인 인식을 뒤엎는 전복적 상상력이 아닐 수 없다. 작가는 이런 식으로 기이함과 엉뚱함, 초현실적인 꿈의 세계를 넘나들며 인간과 삶에 새로운 비전을 제시한다. 특히 기존의 스타일과 규범에서 벗어나는 작품 창조를 통해 무대적 글쓰기에 혁신을 가지고 왔다. 그는 자신의 마지막 작품 『무덤 속의 여행』에 이르기까지 의사소통의 도구로서의 언어의 지위에 관해 끊임없이 문제를 제기했다. 그는 희곡을 쓸 때 이상한 직관, 이상하고도 힘에 넘치는 직관을 가지고 있었는데, 그것은 바로 "언어를 파괴하는 일, 즉 언어의 카오스를 창조하는 느낌"이라고 말한 바 있다. 작가는 소시민적 삶에 대한 비판을 의도한 것인데, 그러한 삶이 기존의 관념이나 슬로건을 고수하고 있기 때문이다. 그는 보수주의를 여과 없이 운반하고 있는 기계적인 언어에 염증을 느꼈다. 그런 언어표현들은 외국어 교본속의 작위적인 문장들이나 케케묵은 구호와 다를 바 없다는 인식이다. 그것들은 그 자체로 언어와 인간행동의 자동화를 운반하고 있으니 거기에 내적인 삶이 존재할 리 없다. 『수업』에서 교수와 학생의 기계적인 응답구, 『의자들』에서의 반복되는 신음소리, 『코뿔소』에서의 거짓 삼단논법, 『무덤 속의 여행』에서의 마지막 독백 등은 실체가 텅 빈 존재들의 파편화된 언어들이다. 그것은 마치 말로 표현할 수 없는 것, 불가해한 것, 언어의 무능력에 의해 깊은 수렁에 빠진 상태를 보여준다. 언어의 비극적 양상인 것이다.

언어가 위기에 처해 있다. 언어가 타락하고 화석화되어 고유한 의미를 상실하고 있다. 이오네스코는 이러한 언어를 다시 새롭게 구축함으로써 어휘에 참신성을 부여하면 세계가 새로워질 수 있다고 믿었다. 그는 말을 해체하기 위해 말의 연극을 구상했다. 비논리의 논리, 초문법적 표현, 넌센스의 언어, 생략과 신조어, 자동언어, 공허를 대신하는 반복어 등. 이러한 말들을 교환하는 인간들은 온전할까. 그들은 심리가 제거된 공허한 인간의 군상일 뿐이다. 그들은 끊임없이 말을 내뱉는다. 그들은 결국 무의미한 상투어로 전달되는 이미지, 진부한 이념들의 희생자다. 그러나 이오네스코적 인간들은 신은 물론 누구도 원망하지 않는다. 또한 어느 것에도 집착하지 않는다. 무대와 세상, 무대와 객석의 단절, 소통의 부재와 침묵만이 흐른다. 존재들은 딱딱한 껍질에 갇혀 있는 느낌을 받으며, 거기서 빠져나오기 위한 시도는 번번이 좌절된다.

언어는 이제 소통의 수단이 아니다.『수업』에서는 학생을 이해시킬 수 없는 교수를 보여준다. 교수와 학생의 언어체계가 동일하지 않고, 지식정도나 이해력도 일치하지 않는다. 어떤 극중 인물들은 바깥세상과 대화하기 위해 노력하지만 절망적이다.『의자들』에서 노부부의 경우가 그렇다. 그들은 죽음의 체험을 상징하는 절대적 침묵을 깨기 위해 말에 매달려있다. 그러나 삶의 의미, 존재의 메시지를 찾는 일은 수포로 돌아간다. 노부부가 자살 한 후 메시지를 전달하러 온 추도연설가가 귀머거리며 벙어리이기 때문이다. 그는 두 노인이 자살하는 동안 무감각하게 부동의 자세로 있다가 텅 빈 의자들, 즉 보이지 않는 군중을 향해 중얼거린다. 이처럼 대부분의 인물들은 근본적으로 언어소통의 어려움을 겪는다. 그들과 외부와의 교감은 거의 불가능하다. 스미스 부부, 마르탱 부부, 자크와 로베르, 아메데와 마들렌, 베랑제와 데이지 등은 언어의 희생자들이다.

이들은 감정의 교류와 서로를 인식하는 일이 불가능하다는 것을 고독, 욕망, 이념의 차이, 지식의 덫으로 돌린다. 그러나 이것은 언어의 비극적 상황을 초월해 새로운 언어의 삶을 시도하라는 메시지로 읽힌다. 아무튼 여기서는 인물들이 오직 연극 그 자체만을 위해 존재한다. 말이 오직 말을 위해 존재하는 것과 같다. 인물들은 극적 행동으로부터 자유로운 동시에 그 행동의 수단에 불과하다. 그들은 고유한 이름을 가지고 있지만 기계 부속품 같은 익명의 인간들이다. 개성이 없기에 다른 사람으로 교체될 수도 있다. 이오네스코가 창조한 인물은 어디에도 없지만 어디에서도 만날 수 있는 사람인 것이다.

이오네스코는 논리나 이성보다 이미지에 기초한 언어를 사용한다. 이점은 초현실주의자들의 수법과도 일치한다. 그들에게 이미지는 인식의 도구 혹은 진정한 형이상학적 개념으로 통한다. 무대가 상상력의 터전이 되는 것이다. 등장인물의 긴 독백 속의 이미지들의 존재는 심오한 영혼상태를 드러내기도 한다. 이미지들은 잠재의식으로부터 솟아난 듯하며 가공되지 않은 귀금속이나 보석들처럼 자연 그대로의 특성을 간직하고 있다. 결국 연극에서 언어는 의사전달이 아니라 자유로운 시적 이미지를 창출하는 또 하나의 동력이 되는 것이다. 그것은 관객의 감각에 호소한다. 이로써 언어는 논리와 이성을 거부함으로써 시보다도 더 멀리 나아갈 수 있다. 그렇다. 무대는 모든 가능성을 가지고 있는 소우주다. 거기에서는 감각에 호소하는 모든 요소들이 동원될 수 있다. 극작가 혹은 연출가는 이미지들이 서로 소통할 수 있게 만든다. 이오네스코는 움직이지 않는 오브제도 말하도록 했다. 소도구들이 연기하고 무대장식들이 행동하면서 상징을 구체화할 것을 요구했다. 그는 인물의 불안감이나 공포, 회한, 정신 상태를 어떻게 물질화할 것인가에 몰두했다. 언어가 바닥나고 말이 마력을 잃으면 통화불능의 것들과 어떻게 해서든 소통하기 위해 구체적인 이미지가 동원되어야 할 것이다.

4. 몽환적 이미지

이오네스코는 언어의 마술사가 되었다. 그가 본 세상의 이미지는 어떤 모습일까? 그것은 작가의 연극적 창조의 비밀을 탐구하는 작업이 될 것이다. 앞에서 언급했지만 연극적 환상은 꿈을 닮았다. 꿈은 이미지로 생각하는 것. 그는 비상하는 꿈으로 『공중보행자』를 썼으며, 아파트 복도에 길게 누워있는 시체의 꿈을 꾸고 『아메데 혹은 어떻게 그것을 제거할 것인가』를 썼다. 이러한 꿈들은 몽상가에게 여지없이 작품의 주요 삽화나 장면으로 활용된다. 특히 19개의 에피소드로 구성된 『가방을 든 사람』은 두 세 장면을 제외하면 모든 것이 꿈의 나열임을 알 수 있다. "이 희곡은 서로 끼워 맞춘 꿈들의 연속체다. 희곡의 통일성은 발생하는 사건과 그가 몽상하는 것의 행위자인 동시에 증인이며, 언제나 무대에 현존하고 있는 등장인물에 의해 만들어진다." 이 경우 사건의 일치는 몽상의 주체인 등장인물에 의해 실현된다. 그래서 무대는 주인공의 마음속에서 불현듯 떠오르는 지속적인 이미지들로 구성되며 그것들은 마치 소설 속의 내적 독백과 흡사하다. 현실의 개념은 통하지 않으며 글쓰기를 지배하는 법칙은 오직 몽환상태일 따름이다. 등장인물은 언제나 무대에 현존하는 행위자인 동시에 사건과 환상의 증인 역할을 한다. 결국 수면 중의 꿈, 깨어있는 자의 몽상, 어린 시절의 추억에 잠긴 채 현재의 의식에서 벗어난 상태 등 이미지들의 소용돌이는 일상 속에서 문득 존재의 놀라움을 깨우치는 순간 창조적 감정으로 변한다. 그렇게 마음속에 잠재하고 있던 내적 드라마는 무대에 투사된다.

　이오네스코는 실제로 잠자는 동안 꾸었던 꿈들을 글로 기록했다. 그 꿈들 가운데 연극적으로 실현 가능한 것들이 있었을 것이다. 꿈은 몽상가가 꿈에 부여하는 해석과 분리되지 않는다. 그는 "정신분석가들이 에로틱한 꿈이라고 해석하는 일반적인 꿈, 그러나 난 그것을 해방과 영광의 꿈으로 해석할 수 있다"고 말했다. 가령 『의무의 희생자』에서 사람이 뛰어넘을 수 없는 벽에 관한 꿈이 그렇고, 『갈증과 허기』의 1막에서 침잠하는 집의 꿈이 그렇다. 그는 『단편일기』에서 자신이 경험한 꿈 얘기들을 수차례 기술해 놓았다. 자면서 꾸는 꿈, 깨어있는 자의 몽상, 특히 어린 시절의 추억을 통해 현재에서 벗어나는 몽상, 이 모든 이미지들은 죽음이 부재하는 상태를 불러오는 경이로움 속에서, 혹은 일상적 실존의 존재를 깨우쳐주는 경탄 속에서 창조적 감정이 된다.

극작가에게 세상은 사라짐의 연속이며 덧없고 해체되어 가는 건축물과도 같다. 존재하는 모든 것들은 시간 속에서 소멸한다. 그 자신도 미완의 상태로 붕괴와 재건을 반복하면서 꿈과 환멸을 넘나들고 있다. 만약 우리가 이 세상에 어느 정도 속해 있다는 느낌을 받는다면 그것은 습관적으로 존재에 익숙한 덕분이다. 이 작가의 모든 사상은 낯섦, 비어있음, 존재론적 공허에 기초하고 있다. 이 의식들은 상호 모순적인 감정에서 비롯한다. 텅빔과 충만함, 투명과 불투명, 빛과 어둠 같은 대립적인 것들. "나는 자주 대립의 감정에 휩싸인다. 가벼움은 무거움 속에서 움직인다. 그리고 투명함은 짙은 어둠 속에서 움직인다. 우주가 나를 짓누른다. 하나의 장막, 뛰어넘을 수 없는 장벽이 나와 세계 그리고 나와 나 사이에 가로놓여 있다. 물질이 모든 것을 채워주고 모든 자리를 차지하고 있으며, 그것의 무게에 짓눌려 모든 자유는 무력화된다." 그러나 모든 것은 행복이 될 수 있으며 고통은 어느 순간 자유로 변할 수 있다. 바로 이 재발견한 자유와 여명의 불빛 아래에서 존재의 경이로움이 엄습해 온다면 그것은 해방의 느낌이며 창조의 상태로 나아가는 것이다. 이 경우 모든 현실과 언어는 스스로 해체된다. 이러한 세상에서 인물의 모습과 행동은 단지 조롱의 대상일 뿐이다. 말은 마술적 힘을 상실한 채 사물로 전락한다. 사물화 된 말은『아메데 혹은 어떻게 그것을 제거할 것인가』에서 아파트 안에 기식하며 증식하는 무수한 버섯들과 점점 자라나는 시체로 상징된다. 『의자들』에서는 존재하지도 않는 초대 손님들이 앉을 무수한 의자들로 나타난다. 말이 닳아서 타락하면 정신이 무디어지고 물질은 존재를 공허로 몰고 간다.

그러나 이오네스코가 창조적 의지를 어느 정도 꿈의 자발성에 맡겼다고 해도 글쓰기는 초현실주의의 자동기술과 상당한 거리가 있다. 꿈꾸는 자가 작가일 때, 그리고 그 꿈을 하나의 작품으로 구체화할 때 그 진행방향과 통일성, 의미 부여는 창작과정에서 이루어지는 조직적인 의식 활동인 것이다. 게다가 그는 꿈이 무의식의 어두운 심연에서 불쑥 솟아 깨어있을 때보다 더 명징하게 자기가 처한 상황의 의미를 밝혀준다고 고백하고 있지 않은가. 그는 진실은 시간을 초월해 있으며, 꿈이 제시하는 상황은 인간이 우주 속에서 자신의 존재를 재발견할 때 느끼는 한계상황이라고 말한다. 그런 이유로 그는 역사와 현실의 일상적 측면만을 표상하는 리얼리즘을 감상주의 혹은 불완전한 진실, 인간사의 단순한 복제로 간주하고 멀리했던 것이다. 세계가 끊임없이 움직이며 변화하는 이상 우리의 내면세계도 정체가 아니라 모순과 대립의 갈등을 거쳐 끊임없이 진화할 것이다. 그래서 그는 편협한 리얼리즘을 뛰어넘어 꿈과 상상력의 대담성이 만들어내는 초시간적 진실의 세계, 상상력과 시적 이미지의 공간으로 향했던 것이다.

5. 물질과 상상력

이오네스코는 어떤 물적 재료를 사용해 어떻게 연극화하는
가? 작가의 상상력이나 작품 속의 상상적인 것에 대한 탐구는
결코 간단하지 않다. 예술품은 사물이나 사건에 대한 감정의
움직임, 지각의 범주, 몽상의 양태로 복잡하게 얽혀 이루어진
세계다. 이오네스코는 물질을 정신의 장애적 요소로 간주했다.
우리는 그의 작품에서 말이 사물화 되는 것을 보았으며, 말의
증식 즉 사물의 증식에 의해 정신이 심각하게 위축되는 것을
보았다. 증식하는 물질은 존재를 위협하고 결국 인간을 질식과
죽음으로 몰고 간다. 말놀이 속의 단어들, 의자들, 찻잔들, 가
구들, 버섯들 등이 증식하는 사물이라면, 그것은 무거움과 저
주의 대상이다. 그것은 작품에서 불과 물, 축축한 땅의 이미지
로 대체된다. 『수렁』의 주인공은 물질에 의해 희생당한 사람의
본보기이다. 그는 탄기증에 걸린 위장으로 고통스러워한다. 그
는 "무거운 돌과 같은 간과 무엇인가로 꽉 차있는 위, 끈적끈적
한 거대한 혀, 소화되지 않은 음식물이 있는 내장"을 가지고 있
다. 그는 자신의 무게에 압도된 채, 역시 무거운 세상과 끊임없
이 충돌한다. 모든 것이 병든 신체처럼 무기력한 주인공을 짓
누른다. 작가의 상상 속에서 무거움의 저주로 표현된 물질들은

불안과 강박관념으로 인식된다. 일반적으로 불의 이미지는 빛이나 광채, 삶의 열정으로 상징되는데, 이 작가에게는 죽음의 전조를 의미한다. 『자크 혹은 복종』에서 꿈속의 도시는 온통 불바다로 붉은 색조를 띠고 있다. 역시 『공중보행자』에서도 주인공은 공포에 휩싸인 채 화염에 휩싸인 천국을 우주의 지평선에 있는 묵시록으로 간주한다. 거대한 불의 장막에서 행복한 자들이 불타고 있는 것이다. 작가는 꿈속에서 불타는 사람에 대한 환영에 시달린 적이 있다고 고백한 바 있다. 그것은 강박관념처럼 작품에서 부정적 이미지로 형상화된다.

물의 이미지는 어떤가. 물은 모든 것을 휩쓸어 가는 공포의 대상이다. 『외로운 남자』의 주인공은 이렇게 고백한다. "나는 물이 꽉 찬 목욕통을 무덤이라 생각했다. 물에 들어가는 일, 그것은 물에 산채로 먹히는 것이다." 우리는 이오네스코의 작품 도처에서 죽음과 결부된 물의 이미지를 만날 수 있다. 『왕은 죽어가다』에서 왕국은 물바다로 변해 수많은 백성들이 익사하며, 『증거 없는 살인자』에서도 사디즘의 희생자들은 저수지에서 썩어간다. 또한 『의자들』에서는 음습하고 칠흑 같은 밤에 노부부를 포위하고 있는 등대주변의 악취 풍기는 물을 떠올릴 수 있다. 극작가의 상상력 속에서 물은 죽음의 물, 살의를 품은 물인 것이다. 바슐라르가 물이 "진정으로 죽음을 보유하는 물질"이라고 표현한 사실을 기억해야 한다. 대지의 경우도 다를 바 없다. 땅도 불이나 물과 마찬가지로 언제나 죽음을 부른다. 통상

땅은 양식이나 도피처, 혹은 안전지대의 상징으로 인간에게 유리한 것으로 생각되어 왔으나 이 작가에게는 정반대다. 땅이 죽음과 부패의 온상인 것이다. 땅은 먼지와 끈적끈적한 진흙으로 덮여있다. 오염된 땅은 풍화와 부패로 얼룩져 있을 뿐 조금도 생산의 이미지를 띠고 있지 않다. 인물들은 바로 이 축축한 땅 속으로 끊임없이 매몰되어 간다. 『갈증과 허기』의 아파트는 물에 빠지거나 흙에 파묻힐 듯한 상태에 놓여 있고, 『의무의 희생자』에서 슈베르는 점점 진흙 속에 빠져드는 환상여행을 한다. 『수렁』의 주인공은 제목처럼 늪에 빠진 채 바닥으로 침몰한다. 이오네스코가 『자크 혹은 복종』에서 늪의 진흙탕을 여자에 비유했다는 점은 매우 흥미 있는 묘사다. 남자는 그 속에 깊이 빠져 질식할 지경에 이른다. 작가는 에로티즘에 빠진 남자를 통해 성욕의 비정신성 즉 물질성을 풍자한다.

질식의 광경은 사물의 증식으로 더욱 구체화된다. 이를테면 주변의 공간을 점점 잠식하여 존재의 공간을 축소시키는 것이다. 바로 침몰과 잠식이 삶의 법칙 혹은 존재의 조건인지도 모른다. 우주의 모든 존재는 사라질 운명에 놓여 있기 때문이다. 그리하여 『새로운 세입자』의 주인공은 수많은 가구들 속에 파묻히고, 『아메데 혹은 그것을 어떻게 제거할 것인가』의 아파트에는 시간과 함께 기하학적으로 성장하는 시체가 있다. 『의자들』에서 점점 쌓여 가는 의자들, 『코뿔소』에서 날로 늘어나는 인간-코뿔소들 등 이러한 모든 양상들은 물질적이든 언어적이

54

든 증식의 고뇌를 반영하는 것이다. 결국 물질이 모든 장소를 차지한다. 물질의 확산은 존재의 공허를 가속화하며 반정신의 승리를 의미한다.

그렇다면 이오네스코의 세계에서 물질의 반대편에 서있는 빛이나 자유, 긍정의 이미지는 없을까? 가볍고 경쾌한 비물질적인 세상을 꿈꿀 수는 없는가? 작가는 오랫동안 물질과의 싸움으로 진력이 나있다. 그는 어느 날 형태도 그림자도 색깔도 없는 푸른빛을 발견한다. 그가 "우주는 오로지 반짝이는 빛을 발하는 투명한 베일"이라고 표현하는 때는 예외적인 순간이며 은총의 순간인 것이다. 이 순간은 특히 어린 시절에 체험했던 빛에 대한 추억과 관련 있다. 이 추억은 희곡의 여러 장면들 속에서 재구성돼 나타난다. 『증거 없는 살인자』의 베랑제는 빛의 도시를 찾아 배회했으며 『의무의 희생자』에서 슈베르는 몸이 빛 속에 스며들어 창공으로 날아가는 몽상에 젖는다. 작가의 화신인 주인공에게 투명한 세상은 언제나 현재이며, 그 현재는 시간을 초월해 있다. 그것은 비시간적인 순간의 현재이며 낙원에서 초자연적인 행복을 누리는 순간이다. 빛은 물질에 속하지 않으며 물질의 무게와 어두움을 벗겨내 정화시켜 주는 유일한 요소다. 이러한 빛의 세계를 탐험하면서 작가는 행복과 즐거움을 만끽하며 무거움에서 벗어난다. 그의 가벼워진 몸은 서서히 공중으로 비상할 채비를 갖추고 하늘로 향한다. 공기보다 더 가벼운 몸은 태양보다 더 큰 빛 속으로 녹아 들어간다. 정신분

석학은 비상하는 꿈을 에로틱한 욕망의 표현으로 해석하지만 이오네스코는 해방과 은총, 물질세계에서 벗어난 영원의 상태로 간주한다. 즉 빛을 통해 순수하고 투명한 삶으로 나아가려는 욕망 혹은 현실 저편의 초현실을 동경하는 의지의 표현인 것이다. 그러나 빛의 순간, 은총의 순간은 짧고 부서지기 쉽다. 그 순간은 돌이킬 수 없는 추억이나 잃어버린 낙원과 흡사하다. 작가는 무거움과 가벼움, 축축한 땅과 창공, 물질과 정신의 두 극점사이에서 항구적으로 망설이고 있다. 그는 존재의 특권적인 장소에 정착하기에 무력해 보인다. 존재와 비존재 사이에서 방황하는 운명인 것이다. 바로 거기에 갈등이 있다. 존재에 대한 갈망과 존재를 벗어나려는 몸부림, 혹은 세상을 벗어나려는 욕구와 세상을 벗어나 존재할 수 없는 필연성 사이에서 번민하는 것이다. 이것이 인간의 본질적 모습이 아닐까.

이 실존의 상황을 극복하는 길은 몽환의 세계로 떠나는 것이다. 이오네스코는 유일한 탈출구로 무대공간을 선택했다. 그 텅 빈 공간 속에 꿈과 자유를 펼친다. 연극은 역사와 사회를 초월한 또 다른 시간과 공간을 살고 새로운 비상을 꿈꾸게 해준다. 그는 연극의 가능성을 활용해 자신의 고뇌를 무대에 투영시킨다. 내적 갈등을 해소하고, 공연이라는 제의적 형태를 통해 동일한 고통을 겪고 있는 인간들과 교감한다. 그는 이미 드러난 진실보다는 묻혀있는 진실을, 확고한 이념적, 도덕적, 철학적 메시지보다는 원초적 진실을 탐색하는 정신적 모험을 즐

겼던 것이다. 결국 작가는 예술은 영원한 생명을 지녀야 한다는 신념으로 작품이 어떤 한 시대의 이데올로기를 추종하는 도구이기를 거부했다. 예술은 꿈과 자유로운 상상력에 내맡긴 정신적 모험의 성과물로 남아있을 때 시간성을 초월할 수 있기 때문이다.

6. 연극 - 「삶과 꿈 사이」

이오네스코는 연극의 소재를 일상의 평범한 존재들에서 찾았다. 하지만 그 일상은 언제라도 이상하고 낯선 초현실이나 환상으로 바뀔 가능성을 지녔다. 그것은 삶속에 묻혀있는 잃어버린 진실을 찾기 위한 것인지, 미지의 것에 도달하기 위한 것인지 알 수 없다. 또는 부조리한 세상을 부조리한 형태로 표현하기 위한 것인지 모른다. 삶이 죽음 속에 뿌리박고 있는 것처럼 진실은 사실 같지 않은 허구 속에 있기 때문이다. 작가는 인간조건의 문제를 총체적으로 다루려고 했다. 그래서 존재의 경이로움, 불안, 지복至福의 상태, 꿈과 악몽, 죽음, 빛과 초월 등은 주요 테마가 된다. 그의 극적 상상력과 몽상의 지평은 끝없이 확장된다. 현실을 초월하는 이미지를 구성하는 것은 새로운 삶의 조망에서 비롯되는 것이다. 인간은 누구나 이미지를 인식할 능력이 있다. 그러나 그 이미지에 새롭고 독창적인 형태를 부여할 수 건 오로지 예술가뿐이다. 창조된 예술품은 독특한

색조로 작가의 정신을 반영한다. 작가에게 있어서 상상의 영역
은 유일한 진실이다.

몽상가에게 현실과 상상의 경계는 분명하지 않다. 그 점은 극
예술의 특징이기도 한데, 실제의 인물이나 사물이 환상을 창조
하는 도구로 사용되기 때문이다. 그러한 특성은 창조된 세계가
낯설고 악몽 같으면서도 친밀감을 준다. 앞 시대의 극작가들이
현실 속에서 일어나는 인간의 정열이나 갈등을 명확하고 논리
적으로 묘사한 것과는 달리 이오네스코는 백일몽이나 기억의
변형으로 극화했다. 사건은 더 이상 복잡하지도 지속되지도 않
는다. 통일성과 인과율의 법칙도 사라졌다. "연극은 진정 아무
런 일도 발생하지 않는 유일한 현장이 될 수 있다." 여기에서
같은 것은 다른 것이며 상호교환도 가능하다. 웃음은 눈물이며
희극과 비극은 뒤섞여 있다. 시간도 지속도 더 이상 보편적으
로 느껴지지 않는다. 모든 인상과 느낌은 의식의 주체성에 달
려있다. 인간은 단지 존재의 패러디만을 체험하고 있을 뿐이
다. 이런 부류의 극은 심리극도 드라마도 아니다. 꿈이며 환상
인 것. 결국 이오네스코의 연극은 이데올로기와 철학, 심리학,
논리학에서 비롯한 절망으로부터의 탈출구이다. 작가가 현실
속에서 희망을 찾지 못한 것처럼, 인간은 상상과 몽환의 영역
속으로 몸을 숨길 수밖에 없다. 몽상, 비상飛翔, 빛…… 그것들
은 자유의 상징들이 아닌가?

연극은 삶과 꿈의 통로이다. 일상적인, 즉 자연스러운 삶으로

가득 찬 몽상과 부조리한, 즉 초자연적인 몽상의 만남인 것이다. 우리가 희망을 기대할 수 있는 쪽은 단연 초자연적인 몽상 속에서이다. 그 몽상을 통해 존재하는 세상과 존재해야만 하는 세상을 동시에 넘나들 수 있다.

김대성

2007년 『작가세계』 평론으로 등단
평론 「감각의 사전과 찢겨진 서정시」 「종언 이후의 시공간과 주체성-골방과 수용소
의 동물들」 「추방과 생존-리얼리티 TV쇼와 지워진 얼굴」 등.
공저 『지역이라는 아포리아』.

산문_문장과 얼굴:지역, 모더니즘, 공동체

문장과 얼굴:지역, 모더니즘, 공동체

1. 사탕이 빠져나간 봉지—문학의 기원

　문장을 쓴다. 지워져야만 하는 문장을 쓰고 싶었으나, 내가 나의 팔을 부러뜨리지 못하는 것처럼 그 문장들은 지워지지 않고 지면 위에 무사히 안착한다. 아무 일 없이, 면서기나 구청장이 읽어도 아무렇지 않을 평화로운 문장, 혹은 치기어린 문장을 쓴다. 내 문장엔 지진도, 쓰나미도 없다. 구제역도 없다. 4년간 무사고인 나는 얼마나 치밀한 인간이란 말인가. 탈영을 해본 적도 없고, 변심한 애인을 살해한 적도 없었으며 여고생을 탐한 적도 없다. 그렇게 가족과 국가와 선생들에게 바치는 문장들을 써왔다.

　늘 신세를 지고 있다. 만나는 사람들에게 굽실거리느라 내 등은 굽을 때로 굽어 있다. 그렇게 나는 조로早老해버렸다. 내 굽은 등은 먼 길을 가기 위해 솟아 있는 낙타의 등 따위와는 아무런 친연성이 없다. 곱을 때로 곱은 시기와 증오, 욕지기들의 무게에 휘어지고 굽은 것일 뿐. 나는 어디에도 가지 못하고, 벌벌 떨며 부산의 밤거리를 호기 있게 배회한다. 나는 부산에서 태어났고 부산에서 살고 있으며 부산에서 살아갈 것이다. 아니 이 말은 다음과 같은 문장으로 고쳐야 한다. '나는 부산에서 태어났기에 부산에서 살 수밖에 없고 결코 부산에서 벗어날 수 없을 것이다.' 어떻게 고쳐 말하든 분명한 것은 내가 부산을 갉아 먹고 있다는 것, 내 일용할 양식은 온전히 부산이라는 도시에서, 이 식민 도시에서, 토호들이 넘치는 이 도시에서, 혈연과 학연이 없이는 그 무엇도 수행할 수 없는 이 도시에서, 되는 것도 없고 안 되는 것도 없는 이 도시에서 '만' 나온다는 사실일 것이다. 늘 신세를 질 수 있으니 감사하고 또 감사하다. 감사의 문장은 무사히 지면에 안착하고, 문장을 썼지만 아무런 일도 일어나지 않는다.

IMF가 터진 이듬해, 오래된 책들로만 쌓여 있는 대학 도서관 구석에 틀어박혀 필자의 약력과 서문을 읽는 데 하루를 온전히 소진했던 그때, 선배와 선생 없이, 저 먼 나라의 필자들이 쓴 서문의 수줍은 고백과 비장어린 선언에 달뜨며, 그보다 더 먼 나라처럼 느껴지는 어느 대학 불문과의 학적 계보, 혹은 인물들의 관계도를 그려가는 데 열중하다 누군가가 버리고 간 사탕 포장지를 발견하고 몰래 호주머니 속에 감추었던 적이 있다. 어둑신한 도서관의 서가에서 맡았던 눅진한 냄새, 누군가가 버리고 간 사탕 포장지의 새된 소리, 그때 훔쳤던 몇 권의 책을 나는 기어코 읽지 않았다.

문장이 되지 못했던, 한사코 문장이기를 거부했던, 굴절되고 골절된 말들을 목발 삼아 절룩거리며 걸었던 길. 아무런 희망도, 계획도 없이 열중했던 쉼표로만 이어지던 메모들. 네게 보내지 못한 편지들. 무던히도 애를 써가며 모았던 비디오 테이프와 카세트 테이프들. 발음하는 것만으로도 많은 말들을 낳곤 했던 명사들. 지금, 그것들과 무관한 문장들을, 돈을 빌려 쓰듯, 여전히 쓰고 있다.

2. 오늘 와서 내일 머무는 자들의 문장

지면에 무사히 안착하는 모든 문장들은 빚을 진 채무자와 다르지 않다. 어깨를 짓누르는 그 빚('빛' 이라고 위악적으로 '오기' 하고 싶다)의 무게가 무사안일한 일상을 지탱하는 삶의 축이 된다. 현실에 발 붙이고 살 수 있는 것은 일용할 빚[양식] 때문이다. '부자 되세요' 나 '대박!' 이라는 신자유주의의 '경단' 과 같은 말들이 수많은 말들을 집어삼키고, 어눌하지만 세심했던 말들이 '헐~' 이라는 냉소로, '쿨~' 이나 '쩐다' 라는 언제 어디에서라도 자의적인 방식으로 손쉽게 전용되는 '말의 도가니' (혹은 말의 서바이벌) 속에 쉽게 용해되어 버리고 만다. 빠뜨리지 않고 돌아오는 이자 상환 날짜처럼 똑같은 말들을, 그 빚들을 주고받으며 '소통' 의 위대함에 대해 가파르게 목젖을 세우는 것이다.

‘우리가 남이가’ 라는 문법이 삶의 구석 자리까지 장악하고 있는 이 도시에서의 ‘소통’ 이란 ‘다이나믹’ 하게, 혹은 ‘시원’ 하게 ‘형님-아우’, ‘선생-제자’, ‘오빠-아빠’, ‘아버지-아들’ 의 관계로 의기를 투합하는 것과 다르지 않다. 그러니 ‘우리는 남이다’ 라고 말을 하는 것은 소싯적 ‘공산당이 싫어요’ 라는 외침만큼 위험한 것일 수밖에 없다. 밖으로는 열려 있지만 그 내부는 철저하게 폐쇄적인 이 도시, 개방에 대한 환상과(너도 날 원하지?) 자신의 졸렬함을 근엄함과 우악스러운 완력으로 감추는 것이 ‘미덕’ 으로 통용되는 ‘열린’ 이곳, 부산에서 나는, 부산을 갉아먹으며, 문장을 쓴다. 그렇게 부산이 되어 간다.

그러니 ‘우리는 결단코 남이다’ 라고 말하는 이가 발붙일 곳을 여간해서는 찾을 수가 없다. ‘절이 싫으면 중이 떠나면 그만’ 이겠지만 절을 떠난다고 중의 고민이 해결되는 것은 아니니 그렇게 쉽게 이야기하지는 말자. 외려 ‘절’ 을 떠나니 고민이 해결되는 것이야말로 중이기를 그친 ‘땡중’ 의 증표가 아니겠는가. 그럼에도 어떤 이들은 ‘땡중’ 으로 낙인찍혀 다른 절로도 가지 못하고 오직 ‘대동단결’ 만이 통용되는 이 속세를 방랑하고 있다. 내가 그들의 방랑 경로를, 그 독특한 보법步法을 좇는 것은 아마도 ‘빚’ 을 ‘빛’ 이라 오기하고 싶은 위악으로부터 어떤 ‘의욕’ 을 발견해내고 싶은 욕망 때문일 것이다.

하여, 쓰는 것을 멈추고 읽기 시작한다. 좀처럼 쌓이지 않는 문장들을, 지면에 무사히 안착하지 않고 목적지에 도착하지 않

는 문장들이기에 그 보법(어법이라 읽어도 좋다)을 읽기 위해
선 문장이 되지 못/않는 그 구절(골절이라 오독해도 무방하다)들을
이어 붙여야만 한다. '그들'의 문장을 읽기 위해서는, 그 보법
을 좇기 위해서는 맥락이 잡히지 않는 말들을 조합해보고 이어
붙여야 한다. 오늘 와서 내일 떠나는 방랑자가 아니라 오늘 와
서 내일 머무는 자들〈게오르그 짐멜, 「이방인」, 『짐멜의 모더니티 읽
기』(김덕영 · 윤미애 옮김, 새물결, 2005)〉이 남긴 문장. 그것을 '이방
인의 문장'이라고 부르기로 하자. 오늘의 문장에 물음표를 붙
이고 내일의 문장을 '이미' 시작하는 이들의 문장을 읽기 위해
서는 다시 써야만 한다.

3. 다시, 문제는 문장이다

　문제는 문장이다(이 문장이 비문으로 읽힌다면 그 사람은 필시 '문
장'을 한갓 명사로만 간주하고 있기 때문일 것이다). 한 시인의 말처럼
문장에서부터 모든 것이 발생하기 때문이다.

　　이보다 명확한 사건을 본 적이 없다.
　　사건 다음에 문장이 생기는 것이 아니라
　　문장 다음에 사건이 생긴다. 어떤 문장은 매우 예지적이다.
　　어떤 문장은 매우 불길하다. 그리고 어떤 문장은
　　자신의 말에 책임을 진다. 그것은 조금 더 불행해졌다.

-김언, 「이보다 명확한 이유를 본적이 없다」 부분, 『소설을 쓰자』,

민음사, 2009.

　문장에서부터 모든 것이 발생한다는 시인의 머릿속은 대개 '문장 생각'으로 가득 차 있을 것이다. 시를 쓸 때도 그는 문장 생각을 하고 있지 않을까. 김언의 문장을 다음과 같이 변주해 보자. '시를 쓰기 위해 문장을 쓰는 것이 아니라 문장 다음에 시가 만들어진다.' 그가 불현듯 '소설을 쓰자'고 했을 때, 사람들은 그 문장을 '전위'의 문맥으로, 혹은 의미심장한 '전향서'로 이해했다. 그렇게 우리는 '소설'이라는 단어에 붙들려 '문장'이라는 단어를 망각하고 말았다. 그가 '소설을 쓰자'고 한 것은 '문장을 쓰자'라고 했을 때 그는 〈문장〉이 온전히 전달될 수 없다는 것을 잘 알고 있었기 때문이다. 선언의 형식이 필요했던 것은 이 때문이다. 여전히 '문장'은 주어의 자리도 갖지 못하고 동사가 되지도 못한다. 그러나 다시, 문제는 문장이다 (아직도 이 문장이 비문처럼 읽히는가!).

　그의 문장이 스캔들이 된 가장 큰 이유는 '불현듯'이라는 부사에 있다고 하겠다. '전위'와 '전향'의 수신자들로부터 오해의 흔적을 찾을 수 있다면 그들의 '이해'가 일시적이고 이벤트적이라는 데 있을 것이다. 김언은 가끔 이해될 뿐이다. '소설을 쓰자'는 문장은 그가 지속적으로 썼던 문장들의 변주임에도 분분한 수신자들은 그것을 '전위의 선언'으로, '이벤트성

67

전향서'로 이해異解했던 것이다.(다음과 같은 '문장'을 보라. "문장에서 인생이 보인다면, 세계가 보인다면 나는 소설을 쓰는 것처럼 시를 쓰고 있는 것이다." 「詩도아닌것들이—문장 생각」, 『거인』, 랜덤하우스중앙, 2005.) 저 '불현듯'이라는 부사를 뺄 수 있을 때 김언의 문장으로 진입할 수 있게 된다.

　김언이 썼던 문장들은 축적 되지 않는다. 앞서 언급했던 '불현듯'이라는 부사의 출처가 여기에 있다("내 말을 알아듣는 사람은 열두 명도 되지 않는다", 「라디오」, 『소설을 쓰자』). 그의 문장은 오직 선언문이라는 '코스프레(costume play)'의 형식으로만 가끔 전달될 뿐이다. 그것은 그가 "논리와 오류를 함께 내장한 문장"(「이보다 명확한 이유를 본적이 없다」, 『소설을 쓰자』)을 쓰기 때문일 텐데, 이 대목을 "비정상이 어쩌면 나의 정상이다"(「詩도아닌것들이—문장생각」)나 "벽 뒤에는 그러나 다른 세계가 존재한다"(「詩도아닌것들이—탱크 애벗의 이종격투기」)는 문장과 함께 읽을 때, 그의 문장이 지면에 안착하지 못하는 이유에 다가갈 수 있다. 김언은 공동체의 문법('시란 ~이다')에 반하는 '소설을 쓰자'라는 외설적인 문장을 통해 이미 벌어지고 있는 '어떤 사건'과 조우하고자 한다. 그 '비정상'을, '벽 뒤의 사건'을 '소설을 쓰자'는 그 구호를 김언의 '시적 자리'라고 바꿔 말해도 좋다.

　길을 닦아서 공기와 빛이 드나들게 하는 것, 그 길을 따라서
　상가가 들어서고 노동자들이 지나가고 마침내 군대가 지나가

는 것이 이 도시가 만들어낸 우리들의 목표다.

―「퍼레이드」 부분, 『소설을 쓰자』

'이 도시가 만들어낸 우리들의 목표다'라는 구절은 얼핏 문법에 맞지 않은 것처럼 보이지만 이 생소한 비문非文이, 그렇기 때문에 틀린 것으로 규정되는 그 어법語法이 '도시라는 시스템'의 알짬을 현시한다. 각각의 개별자들이 추구하고 있는 '진보적인 가치'나 '좀 더 나은 삶'을 추구하는 '목표'들은 개인의 의지로부터 비롯되는 것처럼 보이지만 그렇게 믿도록 만드는 것이야말로 '도시의 목표'라는 것이다. 아름다움, 혹은 소통이라는 가치중립적이고 보편타당한 것들에 대한 신화화된 믿음 또한 '도시'라고 통칭되는 자본제적 시스템이 견고하게 구축해놓은 구조이며 '우리들'은 그 가치 구조를 종교처럼 맹신하고 있는 셈이다. '이 도시가 만들어낸 우리들의 목표다'라는 어색한 비문秘文으로부터 '우리의 목표는 도시가 만들어낸다'는 '벽 뒤의 문장'을 캐낼 수 있게 되는 것이다.

김언에게 있어 문장을 쓴다는 것은 시라는 양식을 구축하기 위해 수반해야 하는 도구가 아니라 "끊임없는 실천의 연속"이며 "문장이 곧 바로 행동이 되는 연습"(「동반자―詩도아닌것들이 · 07」, Sedna, 『기괴한 서커스』, 사문난적, 2010)에 다름 아니다. 그가 "불구의 문장들"을, "앞뒤가 안 맞는 문장들"을, "정상과 거리가 먼 문장들"에서 찾고자 하는 것은 무엇인가? '사람으로 치면 장애인과 다름없는 문장들', 그러한 비문에서 문장을 발견하고, 장애인에게서 인간을 발견하는 탐색 혹은 도약은 곧 시에 관한 탐구와 연결되어 있는 것일 수밖에 없다. 그가 쓰는 문장은 '공동체의 (문)법'이 추구하는 것과는 다른 목표를 가지고 있다. "시에는 편입되지 못하는 이 무국적인 인간들"(「詩도아닌 것들이—문장 생각」)이 배회할 수 있는 자리는 특정한 계층 혹은 부류들이 교환하는 지역적인 언어인 '사투리'의 승인만으로는 만들어지지 않는다. 사투리가 원시적으로 극대화된 '방언'들이 부대낄 수 있는 자리, 그곳에서 '유령'과 '미친년'과 '촌놈'들의 말이 국적의 사슬에서 벗어나 교환된다. 무국적이기에 교환 가능한 문장을 '김언의 시'라고 불러도 좋다.

김언은 그곳을 "두 번째 고향"(「그래, 그래, 몇 개의 록」, 『기괴한 서커스』)이라 명명했다. 이주민들의 방언이 교환되는 그 (문학의) 공간은 그럼에도 "도시의 색깔을 지닐 수밖에 없다." 이 무국적 인간들은 국경 너머의 초월적인 공간이 아닌 국경의 내부에서, 도시 안에서 모국母國을 이국異國처럼 배회한다. 하여 그는 이방인이 그러하듯 결코 토지 소유자가 될 수 없다. 여기서 말하는 토지 소유는 물리적 의미에서뿐만 아니라 삶의 본질이라는 상징적인 의미에도 그대로 적용된다. 이방인은 토지(상징 형식)를 소유하지 못했지만 그 결여는 그에게 특별한 성격의 기동성을 부여해준다("모든 것이 장애물이면서 하나의 동기가 된다." 「그래, 그래, 몇 개의 록」). 아울러 그는 근원적으로 집단의 특수한 구성 요소들이나 특수한 경향들에 고정되어 있지 않기 때문에 이 모든 것들에 대해서 '객관성'이라는 특별한 태도를 취하게 되는 것이다(짐멜). 모국어의 최전선에 한 시인이, 그의 문장이 척후병으로 나가 있다. 그(시)에게는 국적이 없다.

4. 여행자와 무지와 이방인의 얼굴

일상 속에서 낯선 것들을 발견하는 데 집중하는 시인 또한 공동체의 (문)법을 따르지 않는 이임에 틀림없다. 김참에게 있어 시를 쓴다는 것은 길을 뒤로하는 여행이나 모험과 다르지 않다. 그에게 국경이 어디냐고 물어본다면 '지금, 여기'라고 답할 것이다. 일상은 낯선 것들을 집어삼킬 때만 유지될 수 있다. 그러므로 그의 시에서 '머리가 둘 달린 가족'(김참, 「머리 둘 달린 가족」, 『그림자들』, 서정시학, 2006)이나 '눈이 네 개 달린 사람'(「사람」)을 만난다고 해서 이를 '그로테스크한 상상력'이라고만 말하지 말자. '가족'과 '사람'이 일구는 일상이야말로 가장 그로테스크한 곳임을 김참의 시적 공간이 그려내는 '비일상적인 일상' 속에서 확인할 수 있기 때문이다. 우리가 부려 쓰는 대부분의 말은 '가족'과 '사람'을 잠정적인 접두어로 하고 있지만 정작 그것의 정체는 명확하게 알지 못한다. 마찬가지로 우리가 누구인지, 여기가 어디인지 분명하게 말할 수 없다. 그러나 알지 못한다는 그 무지에서 좀처럼 파악할 수 없는

71

일상의 단면에 근접할 수 있는 자리가 마련되기도 한다. 김참의 여행은, 그 무지의 여행은 일상의 앎에 가닿기 위한 미로迷路인 것이다.

"오늘이 무슨 요일인지 모른다"(김참, 「토요일」, 『그림자들』, 서정시학, 2006)는 문장을 주목해보자. 김참의 「토요일」은 '오늘이 무슨 요일이지 모른다' 는 문장으로 시작해서 '도대체 오늘이 무슨 요일인지 모른다' 는 문장으로 끝난다. 소소한 일상의 편린들이 무덤덤하게 나열되어 있는 이 시 곳곳에 틈입해 있는 '오늘이 무슨 요일인지 모른다' 라는 일견 아무런 의미가 없어 보이는 이 문장은, 일상을 모호한 것으로, 파악할 수 없는 미지의 현실로 만들어버린다. 반면에 '오늘이 무슨 요일인지 모른다' 는 무지의 문장은 발화자가 놓여 있는 위치, 혹은 정체성을 확인할 수 있는 유일한 표지처럼 보이기도 한다. '모른다' 라는 그 문장 속에 한 인간의 생활과, 그가 맺고 있는 관계와, 그를 둘러싸고 있는 세계가 들어 있다. 아무리 되뇌어 봐도 오늘이 무슨 요일인지 여전히 알 수 없고 마찬가지로 그 문장을 반복해서 발화하는 '그' 의 정체 또한, 알 수 없는 요일처럼 파악 되지 않는다. 그러나 '모른다' 는 그 사실이 안온하기만 한 이 일상을 순간 낯선 것으로 바라보게 만든다. '안다' 고 믿고 있을 때는 보이지 않던 세계가 '모른다' 는 무지의 자리에서 돌연 낯선 모습으로 나타나는 것이다. 오늘이 무슨 요일인지, 그가 누구인지 모른다는 무지의 자리에서 어쩌면 우리는 지금까지 한

72

사코 알기를 거부했던 어떤 진실과 대면하게 될지도 모른다. 그런 점에서 김참의 여행은 길을 찾아 떠나는 것이 아니라 길을 잃어버림으로써만 가닿을 수 있는 '이상한 세계'로 진입할 수 있는 경로처럼 보인다. 그 여행에서 우리는 '안다'라는 믿음이 실은 텅 빈 여백에 지나지 않는 것이라는 사실을 마주하게 될지도 모른다. 아니 오히려 그 텅 빈 여백의 자리에서 '이상한 세계의 얼굴'과 대면하게 된다. 결코 '우리의 얼굴'이 될 수 없는 그 얼굴은 아마도 '돌아선 얼굴'일 것이다.

아홉 명의 얼굴을 돌아선 한 명의 얼굴이
우리 팀의 얼굴입니다.

한 명의 얼굴을 돌아선 아홉 명의 얼굴이
내세운 얼굴입니다

아홉 명의 얼굴이 전달하는 메시지를
전달하지 않는 것이 문자입니다

한 명의 얼굴이 전달하지 않는 문자를
전달하는 것이 전략입니다

돌아서는 순간 우리는 벌써 상처를 받습니다

아무것도 전달하지 않는 얼굴은

전달하는 문자입니다

우리는 누구도

돌아선 얼굴을 볼 수 없는 것이

전달하는 얼굴입니다

―조말선, 「돌아선 얼굴」 전문, 『기괴한 서커스』

　'얼굴'은 다른 얼굴들로 하여금 그 얼굴에 공조하기를 종용하고, 동일화되기를 명령한다는 점에서 온전히 개인의 것일 수 없다. 얼굴이란 다수로 구성되면서 다수를 초월하는 통일성을 가지고 있는 것이며(짐멜) 동시에 공동체의 명령이 기입되는 장과 다르지 않다는 주장(들뢰즈·가타리) 또한 이러한 맥락에서 이해해볼 수 있다.〈필자는 「추방과 생존―리얼리티 TV쇼와 지워진 얼굴」(『크리티카』 4호, 시피엔스 21, 2010)에서 신자유주의 체제와 시대의 얼굴이 맺고 있는 관련성을 다양한 대중문화를 경유하여 논의한 바 있다.〉 조말선이 '아홉 명의 얼굴'이 아닌 '한 명의 얼굴'에 주목하는 것은 얼굴의 집단성과 공동체의 얼굴이라는 구조로부터 거리를 두기(이동) 위함이다. 우리가 볼 수 있는 얼굴은, 우리에게 명령을 내리는 "내세운 얼굴"은 "한 명의 얼굴을 돌아선 아홉 명의 얼굴"이다. 자연스레 우리들의 관심은 '아홉 명의 얼굴'이 돌아선 '한 명의 얼굴'에 집중된다. 여기서 말하는 '한 명의 얼굴'은 "돌아선 얼굴"에 다름 아니다. 그것은 아홉 명의 얼굴이 전달하는 메시지를 전달하지 않는 얼굴일 뿐이다. 그의 '얼굴 값'은 오직 아홉 명의 얼굴을 전달하는 메시지를 전달하지 않는 역할을 통해서만 획득될 수 있는 셈인데, 조말선은 그것을 '문자'와 같은 자리에 놓아둔다. 바꿔 말해 '우리가 남이가'를 외치며 내세운 얼굴에 '우리는 남이다'라고 말하는 얼굴은, 공동체의 얼굴에 돌아섬으로써, 그리하여 스스로를 전달하지 않는 '문자'의 형태로만 획득될 수 있는 것이다. 이 돌아선 '얼굴–문자'를 '시'라고 불러도 좋다.

아무것도 전달하지 않는 것으로만 전달될 수 있는 '얼굴–문자'가 있다. 얼굴의 진실은 김참의 시를 통해서 확인했던 '무지와 앎의 관계'처럼 내세우지 않고 돌아설 때 얼핏 내비칠 뿐이다. 얼굴은 오직 돌아섬으로써만 가까스로 어떤 표정을 가질수 있다는 것. 그 얼굴의 표정은 원래부터 내장되어 있는 '성질'이 아니라 매번 변하는 '위치'로부터 비롯된다("코는 성질보다 위치로 냄새를 맡는다", 「코의 위치」).

> 옮기고 옮기는 관계의 법칙, 가지를 치고 가지를 치는 관계의 법칙은 사물은 사물이되 관계 속에서만 어떤 것으로 규정될 뿐 원래 자기 자신은 없다. 우리는 계속 이동하고 있을 뿐이다.
> —조말선, 「몇 가지 징후들」, 『기괴한 서커스』, 123쪽.

돌아선 얼굴의 표정은 계속 이동하는 행위이며 그리하여 매번 변화 하는 위치와 다르지 않다. 조말선이 "나는 고정적인 시선을 버리고 싶다"(「분산적인 시선을 보는 고정적인 시선」, 『둥근발작』, 창비, 2006)고 언급한 것 또한 공동체의 얼굴(명령)로부터 돌아설 때에만 대면할 수 있는 얼굴들을 만나기 위해서이다. 공동체 내부에 있지만 그 내부를 끊임없이 이동하는 '얼굴-문자'를 '이방인의 얼굴-문자'라고 부를 수 있을까? 아니 그것을 '조말선의 시'라고 부르기로 하자. 여기에서 저기로 이동하며 점점 더 옅어지는 얼굴과 문장, 다시 저기와 여기로부터 증식하는 생소한 얼굴과 문장으로 이루어진 시.

백 개의 의지를 가진 나는 백 개의 나로 분열한다 // 나는 점점 옅어지고 / 나는 점점 희박해지고 / 나는 점점 증식하고 // 백 개의 의자를 빼앗긴 그는 한 개의 그로 응축한다 // 그는 점점 짙어지고 / 그는 점점 밀집하고 / 그는 점점 그가 되고

−「의자의 얼굴」 전문, 『둥근발작』

내가 내 머리털을 싹둑싹둑 자를 때 / 내가 내 치맛단을 싹둑싹둑 자를 때 / 나는 어긋나는 법이다 // 내가 색종이를 사악사악 자를 때 / 내가 색도화지를 사악사악 자를 때 / 나는 더욱 어긋나는 법이다 // 내가 가정적으로 구운 삼겹살을 자를 때 / 내가 낭만적으로 뜰에 핀 장미꽃을 자를 때 / 나는 절실

히 어긋나는 법이다 // 나는 결코 나를 만지지 못했다 / 나는
결코 나를 느끼지 못했다 // 어긋난 흔적들이 너무 많다 / 나
는 나를 만나기 위해 어긋났다 / 나는 나를 만나기 위해 어긋
날 것이다 // 내가 내 증명사진을 오릴 때 / 가족사진에서 나
를 오려낼 때

―「가위」 전문, 『둥근 발작』

스스로를 어긋냄으로써 대상을 도려낼 때만 제 기능을 할
수 있는 가위처럼 세속의 어긋남과 어긋냄만이 공동체와 자
본제적 체제의 알짬을 현시한다.(김영민, 『세속의 어긋남과 어긋냄의
인문학』, 글항아리, 2011.) 「가위」에서 반복되는 무언가를 잘라내는
행위는 보살핌이라는, 사회적으로 용인(혹은 강요)된 여성적
노동을 가리키는 동시에 그것을 배반(잘라내버리는)하는 이중
의 의미를 가지고 있다. 나를 만나기 위해서는 나로부터 떨어
져 나와야 한다. 나로부터 어긋나야 하고 또 어긋내야 한다.
증명사진을 오릴 때, 가족사진에서 스스로를 도려낼 때 비로
소 '나'를 만날 수 있다는 대목 또한 이러한 맥락에서 파악해
볼 수 있다.

이때 "자기 성향이 굳어지기 전에 굴종을 주입"하라는 요청
과 "무엇보다 가장 중요한 것은 성장억제"라는 당부가 동반되
는 이유는 "자유와 억압의 이중구조 안에서 둥근 발작을 유도"
(「둥근 발작」, 『둥근 발작』) 하기 위함이다. '둥근 발작' 이라는 기묘

한 에너지의 발원지는 자유와 억압이 맞물려 있는 국경의 안, 공동체, 도시 내부일 것이다. '둥근 발작' 이란 현실을 초월해버리지 않고 도시와 일상의 도처를 장악하고 있는 '공동체의 문장' 에 물음표를 달며 이동하는 '막을 찢고 말을 통하게 하는' 에너지라 바꿔 말해도 좋을 것이다. 그 에너지를 아무 것도 담아둘 순 없지만 위와 아래를 통하게 하고 여러 용도로 이동할 수 있는 '모종컵(밑 없는 컵 / 속 없는 컵 / 아무것도 담아둘 수 없는 컵 / 밑으로 통하고 위로 통하는 컵 / 마실 수 없는 컵 / 뒤엎을 수 없는 컵 / 확실하게 버려주는 컵 / 살자고 하면 파릇파릇 살려주는 컵 / 이제는 더 이상 컵이 아닌 컵 / 컵이라는 이름을 뗄 수 없는 컵 / 흘러도 주워담을 수 없는 컵 / 넘쳐도 내다 버릴 생각 없는 컵 / 이따위 막은 찢어버려! / 막을 찢고 말을 통한 컵 / 더이상 깨질까 염려 없는 컵 / 어깨를 비끌어 잡고 함부로 대하는 컵 / 마음먹으면 일년에 새끼 여럿 낳은 컵 / 아버지 당신께 꼭 맞는 컵 ─「모종컵」 전문, 『둥근 발작』)'에서, '돌아선 얼굴' 에서 엿볼 수 있었다. 어서 빨리 '나(우리)' 가 되라고 명령하는 밀집되고 빽빽한 도시의 구조에서 '이동' 하고 '어긋나기' 위해 시인이라는 이방인은 늘 '가위' 를 가지고 다니는지도 모른다.

5. 다시 돌아오기 위해

어딘가에 닿고 싶었지만 이곳을 포기할 수 없었다. 시간이 지날수록 이 도시를 떠나지 못할 것이라는 예감만이 점점 더 분명해진다. 점점 육박해 들어오는 그 명징한 예감이 나로 하여금 무언가를 쓰게 한다. 문장의 영도零度에 가닿고자 했으나 내가 나를 놓지 못했다. 모든 문장에 '결별의 얼룩'이 남아 있다는 것을 조금씩 알아간다. 결별을 통해서만 가닿을 수 있는 자리가 있다면 문장은 멈추지 말아야 한다. 이 도시가 주는 "자유와 억압의 이중구조 안에서"(조말선) 끊임없이 이동하고 어긋낼 수 있을 때 문장은, 내가 모르는 얼굴로, 저 스스로도 생소한 얼굴로, 비로소 돌아선 얼굴로, 오늘 와서 내일 머무는 자의 얼굴로 이 도시를 여행할 수 있을 것이다.

기어이 안착하지 않고 다시 골절되어 바닥을 구르거나, 혹 절합에 성공하지만 뒤로 걷고 마는 문장들. 그것은 이미 '시'가 아닌지도 모른다. '시도 아닌 그것'이 공동체의 규칙에 의해 조형된 '시'에 장기간 구금되어 있는 단어를, 구절을, 문장을 어긋낸다. 이 무국적의 문장들 앞에서 우리의 용의주도함 또한 폭로된다. 그러나 침대 위의 고백처럼 그것은 벌거벗은 허위일 뿐, 무국적의 문장들 앞에서, 이방인의 문장 앞에서 수행하는 우리의 고백은 또 얼마나 용의주도한 것인가? 이동하고 어긋냄으로써 언제 어디서나 부재하는, 부재함으로써만 겨우 존재하는 이들의 문장들을 따라 이 도시의 뒷면('벽 뒤의 세계')에까지 다녀올 수 있었다. 다시, 이곳으로 돌아왔다. 돌아갈 수 있어야 하며 돌아올 수도 있어야 한다. 돌아오고 돌아가는 그 경로가 삶의 궤적이 될 것이다. 쉼없이 이동할 때만 다시(둥근), 돌아올

수 있다(발작). 그러니 살아남(가)기 위해서는 뒤섞여 다시 돌아
올 수 있어야 한다.

정재학

1996년 『작가세계』로 등단.
시집 『어머니가 촛불로 밥을 지으신다』 『광대 소녀의 거꾸로 도는 지구』.

시_어느 귀인을 위한 환상곡 3 / 모노크롬, 아쟁
산문_좋은 시는 음악처럼 스며든다

어느 귀인을 위한 환상곡 3

낯선 바람이 불었다
파란 냄새가 나는 바람이라니

나는 풍금이 되어 길의 속살을 만지며 흐른다
로르카가 걸었을 이 거리는 지금도 집시의 심장처럼 뜨겁고
처녀 땀내음 배어있는 홑이불은 플라뱅고처럼 펄럭인다
마른 비누 냄새 사이로 물결치는 작은 하늘
아이들은 자그마한 몸을 숨기며 뛰어다니고

돌 하나 주어 음악을 들어 본다
그라나다 그라나다
이곳은 지명이 음악이다

내 몸통은 조율 안 된 악기,

바람에 돌들이 덜그럭거리고
악보에 그릴 수 없는 음들만 가득한

모든 음이란 있을 수 없다

모노크롬, 아쟁

초승달이 흘리는 일곱 줄을 건드리자

내 손은 개나리 가지가 된다

絃에 배어 있는 낮고 거친 음을 만져본다

중년남자의 울음

노파의 눈물

흩어진 음들 모이더니 공명상자를 뚫고

진양장단의 술로 쏟아진다

좋은 시는 음악처럼 스며든다

우선 고백할 것이 있다. 나는 열세 살 때부터 시인이 꿈이었으나, 동시에 음악가가 꿈이기도 했다. 결국 음유시인이 꿈이었다고 할 수 있다. 시를 쓰기 시작했던 무렵 기타도 치기 시작했다. 형이 사온 클래식 기타를 가지고 놀기를 좋아했다. 우연찮게 TV에서 스페인의 작곡가 호아킨 로드리고Joaquin Rodrigo, 1901-1999의 『아랑훼즈 협주곡Concierto de Aranjuez』을 기타리스트 나르시스 예페스가 오케스트라와 함께 협연한 것을 보게 되었는데 그때 기타의 매력을 처음으로 느꼈던 것 같다. 마침 이 지면에서 같이 발표한 시는 로드리고의 협주곡 『어느 귀인을 위한 환상곡Fantasia para un Gentilhombre』에서 제목을 차용한 것이다.

사실 음악은 문학 이상으로 내게 큰 영향을 미쳤다. 내가 왜 열세 살이라는 어린 나이에 시와 음악을 좋아하게 되었는지는 분명하지 않다. 하지만 로드리고의 『아랑훼즈 협주곡』이 너무 좋아서 녹화한 비디오 테입을 자주 반복해서 보았던 건 분명히 기억이 난다. 형과는 여섯 살 차이가 나는데 당시 형이 가지고 있던 몇 장의 음반들을 자연스럽게 어린 나이에 듣게 된다. 형은 음악광은 아니었기 때문에 음반이 많은 것은 아니었지만 좋은 앨범들을 소장하고 있었다. 지금도 기억나는 것은 딥 퍼플, 레드 제플린 등의 하드록, 핑크 플로이드, 에머슨 레이크 앤 파머 등의 프로그레시브록 앨범들이었다. 자연스럽게 하드록과 프로그레시브록에 귀가 트이게 되었다. 이후에는 비틀즈, 킹 크림슨을 광적으로 좋아하게 되었다. 나의 시에 영향을 미친 뮤지션들은 너무 많기 때문에 여러 명을 이야기해야 할 것 같다. 분명한 것은 음악가들이 어느 시인보다도 내 시에 많은 영향을 끼쳤다는 것이다. 음악이 어떻게 나의 시 쓰기에 적용되는지 논리적으로 설명할 수는 없다. 하지만 음악이 나의 상상력에 많은 도움을 준다는 것은 이야기할 수 있다. 그래서 나에게 영향을 미친 음악가들이 자연스럽게 시에서 드러나게 되었다. 일종의 오마쥬로 보아도 좋다. 그들을 살펴보고자 한다. 나의 두 시집 목차의 순서대로 꼽은 것이지 좋아하는 순위가 아님을 밝혀둔다.

1. 바흐 J. S. Bach

비탈리의 「샤콘느 Chaconne」가 널리 알려져 있지만, 개인적으로는 요한 세바스찬 바흐의 「샤콘느」를 훨씬 더 좋아한다. 작품

번호 1004번이다. 샤콘느는 17-18세기 바로크 시대에 유행한 기악곡 형식인데 우울한 분위기와는 달리 프랑스 남부와 스페인에서 유행한 춤곡에서 유래했다. 느린 3박자가 특징이며 기악곡에서 변주곡 형태로 많이 작곡되어 왔다고 한다. 바흐의 「샤콘느」는 무반주 바이올린이 원곡이지만 나는 클래식 기타리스트 세고비아의 연주로 처음 들었다. 그러니까 바이올린 악보를 세고비아가 기타 연주곡으로 편곡한 것이다. 바흐의 음악이야 어떤 악기로 연주해도 다 좋지만 개인적으로는 바이올린 원곡보다 기타곡이 더 감동적으로 다가왔다. 많은 기타리스트가 샤콘느를 연주했지만 세고비아, 존 윌리암스, 마뉴엘 바루에꼬가 가장 잘 연주했다고 생각한다.

나는 바흐의 「샤콘느」를 듣고 「춤 없는 무곡舞曲」이란 시를 썼다. 샤콘느는 무곡의 형식이지만 춤을 추기에는 너무 슬픈 음악이다. 그래서 이런 제목을 지었다.

2. 벨벳 언더그라운드Velvet Underground

벨벳 언더그라운드는 루 리드(보컬, 기타)와 존 케일(베이스, 비올라)을 중심으로 1964년 뉴욕에서 결성된 실험적인 그룹이다. 사이키델릭의 새로운 경지를 보여주었고 뉴욕 펑크의 시조가 되었던 선구적인 집단이었다. 이제는 너무나 유명해진 전설의 그룹이 되었지만 당시에는 퇴폐적이고 난해한 가사, 고의적인 소음 등을 이용한 대중적이지 않은 음악을 만들어서, 연주하던 클럽에서 쫓겨나기 일쑤였다고 한다. 그들의 1집은 앤디 워홀의 후원으로 발매되는데 단 하루 만에 녹음되었다고 한다. 상업적으로는 참패를 하지만 후에 20세기의 가장 뛰어난 앨범 중 하나로 손꼽히고 있다. 개인적으로 그들의 가장 좋은 곡은 「Venus in Furs」라고 생각한다. 나는 이 노래의 가사를 변형하여 「모피 입은 비너스」란 시를 썼다. 어둡고 자학적인 가사가 당시 20대의 우울한 나에게는 큰 위안이 되었다.

3. 재즈 아티스트들(마일스 데이비스, 존 콜트레인, 칙 코리아, 빌 에반스, 알 디 메올라, 장고 라인하르트, 쳇 베이커)

재즈에 대한 사랑으로 쓴 시 「재즈빌」이란 시가 있다. 재즈 역사에서 전설적인 대가들인 만큼 구구절절 소개하는 것보다는 이 시를 보여주는 것이 더 나을 것 같다.

여권을 보여주십시오, 트럼펫 모양의 아파트에 다다르자 재즈 빌 관리자가 말했다 그의 옷에는 마일스 데이비스 얼굴이 새겨진 배지가 박혀 있었다 나는 이곳에 오기 위해 화성학과 블루노트를 공부해야 했다 그렇지 않으면 여권을 받을 수 없기 때문이었다 여권 연장을 위해서는 존 콜트레인과 칙 코리아의 모든 음반을 들어야 한다 우선 목이 말라 빌 에반스 칵테일을 주문했다 모자에 세 개의 날개를 가진 새가 앉는다 내 머리카락이 북을 치기 시작하자 피아노 건반 위로 기차가 지나간다 나는 악보에는 그릴 수 없는 건반과 건반 사이의 음들을 듣고 있었다 모자이크로 만들어진 사람들이 음표로 만들어진 문을 찢으며 들어와 자신들의 몸뚱이만한 하모니카를 불었다 고막이 터질 지경이었다 나는 웨이터에게 물었다 알 디 메올라는 언제 나오나요? 정확히 알 수 없습니다 악마와의 스페니쉬 고속도로 경주가 아직 끝나지 않아서요 구겨진 벽에서 장고 라인하르트의 연주가 들렸다 화재사고로 왼손의 두 손가락을 사용할 수 없었던 그 집시는 현絃으로 말했다 - 손가락이 하나 없어지면 나머지 손가락으로 기타를 쳐야하며 세 개가 없어져도 나머지 두 손가락으로 쳐야하는 것이다 모두 없어진다면 손뭉치로 쳐야한다 그것이 삶이다 - 이제는 늙어버린 쳇 베이커가 콜록이며 트럼펫을 불고 있었다 그는 내일 자살로 추정되는 의문사로 발견된다

-정재학 , 「재즈빌」전문

4. 쿠엘라 베키아 로칸다Quella Vecchia Locanda

'저 오래된 여인숙' 이란 뜻을 가지고 있는 이태리 아트록 그룹인 Quella Vecchia Locanda의 1974년 『Il Tempo Della Gioia환희의 순간』을 듣다가 「저 오래된 여인숙」이란 시를 쓰게 되었다. 소아

시아 클라조메나이 태생의 철학자 아낙사고라스Anaxagoras, B.C.500-B.C.428를 소재로 했던 시였다. 아낙사고라스는 "태양은 불과 돌로 이루어진 덩어리이다."라고 사실을 얘기했을 뿐인데 당시 태양을 신이라고 믿고 있던 아테네 사람들에게 신성모독죄로 사형을 언도 받았던 인물이다. 다행히 고향으로 도망쳤다고 한다.

1990년대 초반, New Trolls를 필두로 이태리 아트록이 많이 소개되었다. 이태리 아트록 음악들은 멜로디가 아름다워서 한국에서도 큰 인기를 얻었다. 참으로 많은 음반들을 들었는데 이태리 그룹 중 내가 좋아했던 그룹은 Il Balletto Di Bronzo, Il Volo, Formula 3, Museo Rosenbach, Latte E Miele, Quella Vecchia Locanda 등이다. 시집에는 포함되어 있지 않지만 Il Balletto Di Bronzo에 대한 시 「청동의 발레상像」을 쓰기도 했다.

어쨌든 대개의 경우 록과 클래식의 '결합'이라기보다는 어설프게 '접촉'으로 끝나는 경우가 많은데 Quella Vecchia Locanda는 아주 성공적으로 클래식과 록을 잘 접목시켰다. 대체로 록은 록적일 때 더 좋은 것 같다. 지미 헨드릭스처럼.

5. 킹 크림슨King Crimson

1969년 영국에서 기타리스트 로버트 프립을 중심으로 결성되었던 프로그레시브록 그룹이다. 많은 사람들에게 추억의 명곡

「Epitaph묘비명」으로 사랑받는 그룹이다. 아마도 많은 프로그레시브록 마니아들이 가장 먼저 접한 그룹이 바로 킹 크림슨이 아닐까 싶다. 지금도 고갈되지 않는 실험정신으로 왕성하게 활동하고 있다. 한 두 장의 앨범에 에너지를 쏟아 붓고 사라지거나(이것도 물론 의미 있는 일이지만), 후기로 갈수록 음악이 상업적으로 변질되는 다른 프로그레시브 록그룹들과는 아주 대조적이다.

많은 종류의 전위가 있겠지만 나는 킹 크림슨과 같은 중저음이 많은 묵직한 분위기의 전위음악을 좋아한다. 특히 『Red』, 『Lizard』앨범을 즐겨 들었다. 새로운 불협화음 체계를 만든 새로운 질서를 만드는 창조자들이라 할 만하다. 나의 두 번째 시집 중 「Psychedelic Eclipse」란 시가 있는데 여기에 내가 좋아하는 음악가들을 언급한 적이 있다. 이후에 언급되는 음악가들은 이 시에 따른 것이다.

한물간 도시,
나의 한때를 풍미했던 음악이 울리는 곳
킹 크림슨, 지미 헨드릭스, 로이 뷰캐넌, 시드 배릿… 가끔은 제플린호를 타고 8마일 높이로 오르기도 하고 근처 아스투리아스Asturias 마을의 조그만 선술집에서 새벽까지 로드리고, 망고레, 빌라로보스를 들을 때도 있었다네

또 가끔은 머신헤드Machine Head역으로 가는 기차 소리에서
해먼드 오르간 연주를 듣기도 했네 ― 건반 주자라면 누구나
들을 수 있었을 것이다 존 로드, 키스 에머슨, 클라우스 슐츠
를 좋아했을 뿐 나는 결국 이곳에서 뛰어난 기타리스트도 키
보디스트도 아니었네

　　　　　　　　　　　　　－정재학, 「Psychedelic Eclipse ⅱ(part 1)」 부분

6. 지미 헨드릭스Jimi Hendrix

　단 2년 정도의 짧은 음악활동을 했지만 일렉트릭 기타 역사
상 가장 큰 영향력을 지녔던 기타리스트이다. 그의 음악은 악
보로 옮기는 것이 참으로 어렵다. 백인 블루스 기타리스트들의
정교하게 조직된 깔끔한 연주를 비웃기라도 하듯 지미 헨드릭
스는 흑인 특유의 뛰어난 리듬감을 바탕으로 일부러 소음을 만
들며 일렉트릭 기타가 낼 수 있는 최극단의 광기와 혼돈을 보
여주었다. 지미 헨드릭스에게 정확한 장르를 부여하기는 어렵
다. 그의 음악은 헤비 블루스이기도 하고 하드록의 시작이기도
했으며 전위적이라 불릴만한 요소도 갖추고 있다. 그냥 쉽게
사이키델릭록이라 할 수도 있겠지만 그의 여러 특성을 생각하
면 너무 단순한 분류다. 그저 우리는 '헨드릭스 음악'이라고 부
를 수밖에 없을 것이다.

7. 로이 뷰캐넌Roy Buchanan

나에게 일렉트릭 기타의 매력을 처음으로 알려주었던 기타리스트이다. 그는 아주 섬세하고 신경질적인 표현력을 가지고 있다. 단순히 블루스라고만 할 수 없는 전통에서 벗어난 창조적인 블루스를 보여주었다. 인간의 흐느낌과 가장 가까운 연주를 보여주지 않았나 생각이 든다. 「The Messiah Will Come Again」은 로이 뷰캐넌의 대표곡인데, 게리 무어의 리메이크 곡으로 먼저 들었다. 그리고 원곡을 찾아 들었는데 그때의 감동은 잊을 수가 없다. 로이 뷰캐넌과 게리 무어의 「The Messiah Will Come Again」를 번갈아 들으며 고등학교 시절을 보냈다. 게리무어가 '자폭自爆'과 같은 에너지라면 로이 뷰캐넌에게는 '절제節制'와 같은 에너지가 있었다. 고등학교 때 밴드를 한 적이 있었는데 원래 내 포지션은 키보드였지만 이곡을 듣고 기타로 포지션을 바꾸었다. 본격적으로 기타리스트가 되고 싶다는 생각을 처음으로 했다. 지금 난 기타리스트가 아니지만 시인으로서의 에너지를 음악에서 많이 얻는다. 중요한 것은 음악을 변함없이 사랑하는 것이다.

8. 호아킨 로드리고Joaquin Rodrigo

앞에서 얘기했던 스페인의 작곡가이다. 세 살 때 시력을 잃고 맹인이 되어 빛과 색채의 세계와는 단절되는 대신 청각, 음의 세계에 빠져 들어, 어렸을 때부터 음악에 특별한 관심을 가지고 열심히 공부했다고 한다. 내가 로드리고를 좋아하는 이유는 클래식에서 기타를 가장 사랑한 작곡가이기 때문이다. 기타는 클래식 음악계의 주류에서 다소 소외되어 있다. 당시에는 더욱 심했다. 여기에는 여러 이유가 있을 것이나 기타는 다른 오케스트라 악기들에 비해 소리가 작아 협연이 힘들다. 이런저런 제약에도 불구하고 기타를 위한 협주곡을 최초로 작곡한 사람이 바로 로드리고이다. 나는 로드리고 때문에 스페인이라는 나라에 호감을 가지게 되었다.

9. 망고레Agustin Barrios Mangore

파라과이의 작곡가이자 기타리스트, 시인, 언어학자이다. 외국에서는 배리오스로 흔히 알려져 있지만 한국에서는 망고레라는 이름으로 더 친숙하다. 3악장으로 이루어진 아름다운 곡 「대성당La Catedral」이 특히 유명하다. 그는 아직도 실력에 비해 덜 알려져 있으며 평가가 제대로 이루어지지 않았다고 생각한다. 파라과이가 약소국이었기 때문에 음악 활동 여건이 좋지 않았던 점도 그 이유일 것이다. 당시 세고비아는 기타 편곡, 연주를 활발히 하여 유명했다. 그는 남미 여행에서 망고레를 만나고 그의 주법에 많은 영향을 받았다고 한다. 세고비아가 그를 질투했다는 설이 있다. 세고비아는 왜 망고레의 곡을 연주하지 않느냐는 제자들의 질문에 "나는 망고레를 너무나 존경하기 때문에 한 곡도 연주하지 않겠다."고 말했다고 한다. 당시 세고비아는 기타의 신으로 추앙받고 있었기 때문에 세고비아가 연주하는 곡은 세상에 널리 알려졌다. 망고레는 기타 연주뿐 아니라 작곡도 잘하는 음악가였다. 상대적으로 작곡이 그리 뛰어나지 않았던 세고비아에게는 망고레가 알려지는 것이 부담스러웠는지도 모르겠다. 어쨌든 존 윌리암스(세고비아의 제자), 데이비드 러셀 등이 망고레의 곡을 연주해서 그가 세상에 알려진 것은 너무나 다행스럽다. 그리고 그가 열악한 환경에서 직접 연주한 앨범 『Agustin Barrios, The Complete Guitar Recordings 1913-1942』가 복각되어 나온 것은 정말 다행이다. 음질은 안 좋지만 그가 보여준 연주는 그 당시 어느 기타리스트와 비교하더라도 뛰어나고 독창적인 연주다.

10. 딥 퍼플Deep Purple

딥 퍼플은 내가 아는 한, 가장 라이브를 잘 하는 록그룹이다. 라이브가 스튜디오 앨범과 똑같다면 왜 라이브 앨범을 사겠는가. 함성과 박수 소리 들으러? 자신들의 스튜디오 앨범보다도 연주가 떨어지는 요즘 밴드들은 딥 퍼플에게 한 수 배워야 할 것이다. 즉흥연주improvisation 없는 라이브는 라이브가 아니라고 생각한다. 그 수많은 라이브를 하면서도 단 한 번도 같은 솔로를 한 적이 없는, 그러면서도 매 연주마다 충만한 음악성을 보여주었던 리치 블랙모어(기타)와 존 로드(건반)가 놀라울 뿐이다. 리치 블랙모어는 그의 기타 연주를 들을 수 있는 거의 모든 곡에서 잊혀지지 않는 멜로디 라인을 가진 솔로를 보여준다. 거의 모든 곡이 인상적이라는 것. 이것은 아주 어려운 일이다. 그가 있었을 때의 딥 퍼플, 레인보우 등 그 많은 앨범들 중 아무 곡이나 뽑아 들어보라. 그의 완벽주의적인 장인정신을 느낄 수 있을 것이다. 리치는 한음 한음이 선명하고 강렬한 임팩트를 보여주며 울림이 큰 아름다운 비브라토를 가지고 있다. 존 로드는 가장 존경하는 건반 주자이다. 그의 영향으로 고등학교 때 밴드에서 키보드를 맡은 적이 있다. 그는 해먼드 오르간을 즐겨 연주하는데 첫 시집의 「낡은 서랍 속에서 3」에서 나오는 "Child in Time의 오르간"은 그를 가리키는 것이다.

나는 음악에 가까운 시를 쓰고 싶다. 특정한 음악의 삽입이 아니라, 언어가 음악 혹은 音과 만나는, 언어와 음악의 경계가 사라지는 시를 쓰고 싶다. 그 속에서 언어가 자유롭게 헤엄치도록 하고 싶다.("언어의 꿈은 / 대기를 나누는 새가 되거나 / 물결을 일으키는 물고기가 되는 것 // 잡히지 않는 자유 / 날고 싶은 욕망 / 조작된 태양과의 싸움 속에 언어가 있다 // 새가 닿는 곳은 바다, / 언어가 헤엄치도록 내버려두자, / 제발" -「데칼코마니」부분, 정재학) 나는 그러자면 기존의 질서, 상징체계로서의 언어의 의미를 일정 부분

교란, 전복, 훼손시킬 수밖에 없을 것이다. 나는 완전한 파괴를 추구하지는 않는다. 부서지고 모든 줄이 끊어진 기타로 연주할 수는 없는 일이다. 나는 나만의 음계를 찾아 새로운 화성학, 새로운 상징체계, 새로운 질서 그리고 새로운 현실을 창조하고 싶다.

내가 미쳐있던 건
바람이 아니라 바람소리였으니
어디로든 가자

音標는 곳곳에 있지만
부딪히는 것만이 소리를 낸다

—정재학, 『微分―음악』 전문

김 참

1995년 『문학사상』으로 등단
시집 『그림자들』 『미로여행』 등.
제5회 현대시 동인상 수상.

시_바람의 성분 / 여자와 이야기하는 남자

산문_달팽이소녀를 생각하며

바람의 성분*

　바다에 소금이 녹아 있듯이 바람에는 소리들이 녹아 있다. 가지 밭에서 덜 익은 가지를 따　개울 옆을 지나며 돼지감자 캐는 아이들을 만나 돼지감자가 왜 돼지감자냐고 물어보던 다섯 살 아이의 목소리가 녹아 있고 밭두렁 따라 집으로 돌아갈 때 그의 발을 스치던 풀들과 콩잎 서걱대는 소리도, 대추나무 위에 앉아 있던 까마귀들 우는 소리도 녹아 있을 것이다. 할머니 등에 업혀 들었던 자장가도, 조개 줍던 바닷가에서 들던 파도소리도, 여름밤 논에서 울던 맹꽁이 소리도, 아랫마을에서 들려오던 개짖는 소리도 모두 바람 속에 녹아 있다. 바람이 분다. 당신이 가끔 헤어진 옛사랑을 떠올리는 것도 바람에 녹아 있는 그 사람의 다정한 목소리 때문인지 모른다.

*허만하, 「바다의 성분」

여자와 이야기하는 남자*

중국풍 벽지로 꾸며진 응접실 의자에 앉아 남자는 여자에게 이야기를 한다. 여자가 파란 잔에 커피를 내오자마자 남자는 여자에게 말을 걸기 시작한다. 당신의 눈은 바다처럼 파랗군. 나는 언젠가 바닷가 플라스틱 의자에 앉아 당신의 눈을 보았지. 짙은 그늘을 드리우는 나무 옆을 스쳐지나던 당신은 파란 블라우스에 파란 치마를 입었고 파란 가방을 들고 있었어. 그가 이야기 하는 동안 여자는 창 밖 나무에 앉아 그녀에게 이야기 하는 남자를 물끄러미 바라보는 티티새들을 보며 방긋방긋 웃는다. 아파트 아래를 흘러가는 도랑 옆 공터에 죽은 소와 돼지의 시체가 썩은 무처럼 쌓여 가는 동안에도 중국풍 벽지로 꾸며진 응접실 의자에 앉아 남자는 여자에게 이야기를 한다. 당신은 그때 좁은 골목을 지나 휘청휘청 걸어가고 있었지. 당신이 휘청거렸던 건 아마도 바다에서 불어온 바람 때문이었을 거야. 현기증 때문인지 당신은 해변의 플라스틱 의자에 앉아 푸른 바다를 보고 있었어. 그가 이야기 하는 동안 여자는 창 밖 나무에 앉아 이야기 하는 남자를 물끄러미 바라보는 티티새들을 보며 방긋방긋 웃는다. 그가 이야기 하는 동안 갑자기 현관문 두드리는 소리가 들려온다. 그의 집엔 초인종이 없다. 가끔씩 피자나 통닭 배달 온 사람이 그의 집 현관문을 연거푸 두드릴 때에도 그는 늘 여자와 이야기를 하고 있다. 여자는 그가 이야기를 하건 말건 창밖의 티티새를 바라보며 방긋방긋 웃는다. 남자는 하품을 하며 중국풍 잠옷을 입고 낮잠을 자러 침실로 들어간다. 해가 지고 저녁이 되면 남자는 하품을 하며 응접실로 걸어 나온다. 중국풍 벽지로 꾸며진 응접실 의자에 앉아있던 여자가 빈 커피잔을 들고 부엌으로 간다. 그는 중얼거린다. 참 모를 일이군. 저녁이면 이 여자가 왜 이곳에. 그가 응접실 의자에 앉으면 여자가 파란 잔에 커피를 담아온다.

*김형술, 「의자와 이야기하는 남자」

달팽이소녀를 생각하며

1. 달팽이소녀

소녀의 이름은 달팽이소녀. 그녀의 이름을 지어준 사람은 이 글을 쓰고 있는 김참 씨. 김참 씨는 이따금 달팽이소녀를 찾아가지만 그녀를 찾기란 쉬운 일이 아니다. 메모를 귀찮아하는 그의 게으름 때문에 달팽이소녀가 사는 집을 찾아가는 데는 한참 걸린다. 그녀의 이름을 지어준 사람이 이 글을 쓰고 있는 김참 씨라는 것을 아는 사람은 아무도 없었지만, 이제 당신이 이 글을 읽고 있으니, 최소한 당신은 그녀의 이름을 지어준 사람이 김참 씨라는 것을 안다. 그렇지만 그녀는 자신의 이름을 지어준 김참 씨를 알지 못한다. 그래서 오늘도 김참 씨는 슬프다. 커피를 마시고, 담배를 피우고 달팽이 소녀를 찾아가야 하는데, 밀린 원고 때문에 김참 씨는 지금 이 글을 쓰고 있다. 원고 독촉 문자가 들어왔을 때, 어쩌면 김참 씨는 달팽이 소녀를 찾아가고 있는 중이었는지도 모른다. 아니다. 생각해 보니 김참 씨는 그때 다른 여자를 만나러 가지 위해서 과속을 하고 있었다. 그녀가 김참 씨의 애인은 아니지만 달팽이 소녀는 그 사실을 알 리가 없다. 달팽이소녀를 만나러 가기엔 아직 해야 할 일이 너무 많다. 머리가 복잡하니 우선 나가서 담배부터 피우자.

2. 할머니와 담배

할머니는 내가 중학교 다니던 무렵 돌아가셨다. 그렇지만 이상하게도 할머니는 돌아가시고 나서도 옛집에 사셨다. 밤이면 할머니가 살던 집에서 불빛이 새어나왔다. 할머니가 돌아가시고 나서 아무도 산 아래 있는 그 집을 찾아가지 않았다. 할머니 주무실 땐 불을 꺼야합니다. 나는 할머니가 사는 집의 형광등을 끄기 위해 하늘 높이 뜬 별들이 비춰주는 길을 따라 걸어갔다. 할머니집 현관엔 하얀 고무신 한 켤레 놓여 있었고 방에는 흑백텔레비전이 켜져 있었다. 할머니는 텔레비전을 보고 계셨다. 내가 방에 들어가자 할머니는 마치 처음부터 그곳에 없었던 것처럼 조용히 사라졌다. 방문을 열자 텔레비전이 조용히 꺼졌다. 자세히 보니 방에는 텔레비전이 하나 더 있다. 나는 텔레비전을 켠다. 텔레비전 화면 속에서 나는 벽을 더듬어 형광등을 켠다. 두 대의 텔레비전이 있는 방안에 있는 내가 텔레비전 안에서 텔레비전을 보는 나를 응시한다. 약간 무서운 생각이 들어 나는 텔레비전을 끈다. 텔레비전 위에 있는 벽장에서

기침 소리가 난다. 벽장문을 열자 할머니가 담배를 피우고 계신다. 할머니 벽장에서 주무시면 어떡해요? 하지만 할머니는 마치 처음부터 없었던 것처럼 벽장에서 사라진다. 벽장에는 한 갑에 백 원하던 환희 한 보루와 청자 백자 한산도 은하수 태양 같은 담배들이 가지런히 놓여있다. 그러고 보니 할머니는 늘 환희만 피우셨다. 야야! 가서 환희 한갑 사오너라! 할머니는 쌈지에서 백원을 꺼내 주신다. 할머니 요샌 환희는 안 팔아요. 요샌 에세 레종 심플 같은 담배만 팔아요. 그것도 비싸서 전 요새 이집트에서 사온 클레오파트라만 피워요. 너무 독해서 요즘은 입안이 얼얼하지만 어쩌겠어요. 아직 클레오파트라는 한 보루하고 반이나 남아 있는 걸.

3. 유령마을

클레오파트라를 사기 위해 담뱃가게를 찾아가는 길엔 유령마을이 있었다. 내 기억으론 유령마을은 카이로 한복판에 있었다. 내 기억으로 그렇다는 것이다. 어쩌면 내가 기억하는 그곳이 카이로의 한복판이 아니었을 지도 모른다. 카이로를 나오고 나서 얼마 되지 않아 이집트에서 민주화 운동이 일어났다. 사람이 많이 죽었다고 한다. 외국인이 많이 사는 카이로의 마디에 있던 누나 집에서 쇼핑을 하려면 한참을 걸어야 했다. 길 중간에 빵집과 과일가게도 있었지만 누나 식구들은 한참을 걸어가야 나오는 Metro에서 물건을 샀다. 카이로엔 짓다만 건물들이 많다. 짓다만 아파트, 짓다만 주택들이 길가에 가득하다. 일주일에 한번 서는 재래시장 가는 길엔 지붕 없는 집들이 있다. 유령마을, 죽은 사람들이 사는 마을이다. 집 안에는 가족묘지가 있다. 큰 집도 작은 집도 있지만 집 안엔 죽은 사람들만 산다. 집 옆에 있는 회교사원의 둥근 지붕을 올려보다가 나는 사원 안으로 들어가 본다. 고요하다. 장날이면 유령마을 옆 길가에 사람들이 몰려든다. 비둘기를 팔기 위해 새장을 들고나온 사람들이 줄지어 서 있는 길옆에서 중년의 사내가 구운 빵을 팔고 있다. 나는 빵을 하나 사서 길가 간이 찻집에 앉아 갈색 차를 마신다. 곰곰이 생각해보면 살아서 움직이는 저 많은 사람들도 언젠가는 모두 저 지붕 없는 집 안으로 들어갈 것이다. 가끔 그를 기리는 사람들이 그를 찾아오고 일주일에 한번 서는 장에는 그의 아들이나 딸들이 물건을 사고팔기 위해 풀풀 날리는 먼지를 마시며 저 길을 따라 걸어갈 지도 모른다.

4. 밤나무 숲 앞 삼층집

전철에서 내려 한참을 걸어야 나오는 그 집의 마당엔 잔디가 깔려 있었고 마당의 디딤돌을 따라 채송화들이 줄지어 피어나곤 했다. 텃밭 가장자리에서 키 큰 옥수수들이 바람에 흔들렸고 집 뒤에 있는 밤나무숲에서 참새들이 종일 짹짹거렸다. 밤나무 숲에서 울려나오는 소리의 파동이 그 집을 휘감고 바람을 타고 멀리 날아갔다. 그 집은 삼층이었지만 방은 하나 밖에 없었다. 일층 전체가 보일러실이었지만 겨울이면 언제나 추웠다. 짙은 갈색의 목조계단을 따라 올라가면 2층이 나왔다. 계단의 오른편은 부엌이었고 계단 왼편은 마루였다. 우리는 부엌에서 밥상을 펴고 밥을 먹었다. 가끔 마루에서 밥을 먹는 때도 있었지만. 밥 먹을 때면 라디오에서 언제나 음악이 흘러나왔다. 이따금 나는 그 음악소리가 열린 창문을 빠져나가 바람을 타고 먼 바다까지 흘러갈 거란 생각을 했다. 이층에서 삼층으로 올라가기 위해서는 하얀 나선형 계단을 올라가야했다. 다시 생각해보니 그 집은 방이 두 개였다. 나선형 계단 뒤에 작은 방이 또 있었다. 서쪽으로 난 작은 창문 밖으로 멀리 있는 집들과 숲이 내려다보이는 작은 방, 장롱과 침대가 그 방에 있었다. 장롱 위엔 기타가 하나 있었다. 곰곰이 생각해보니 내 집 작은방 책꽂이와 옷걸이 사이에 지금도 있는 그 기타는 마당에 잔디가 깔려있었고 채송화가 디딤돌을 따라 피어나던 그 삼층집 작은 방 장롱 위에 놓여있던 기타다.

5. 유리

유리는 상규 형이 기르는 개다. 상규 형은 작은 건축회사에서 일한다. 빌라를 전문으로 짓는 그 회사는 서울에 있다. 그러니

까 상규 형은 서울에 살고 유리도 서울에 산다. 유리는 암컷이
다. 그래서 유리도 한 달에 한번 달거리를 한다고 어느 날 상규
형이 이야기를 했을 때 나는 약간 놀랐다. 상규 형은 가끔씩 유
리 미용 때문에 외출을 한다. 그는 열두시 반에서 한시 사이에
점심을 먹으로 사무실 밖으로 나간다. 그는 가끔 은행에 간다.
때로는 우체국에 가기도 한다. 그는 우체국 가서 아는 사람들
에게 다이어리를 보내준다. 작년에도 올해도 상규 형이 다이어
리를 보내주었다. 내 방에는 그가 보내준 다이어리가 두 개나
있다. 상규 형의 주특기는 변신이다. 그는 가끔 여자가 된다.
상규 형은 어느 날은 수정이가 되고 어느 날은 유리가 된다. 나
도 가끔씩 변신을 한다. 나는 몽롱소녀가 되기도 하고 늑대소
녀가 되기도 한다. 어쩌다 상규 형은 내가 되고 나는 상규 형이
되기도 한다. 우리는 여러 개의 이름을 가지고 있다. 상규 형은
사람들이 오르락내리락거리는 광장 계단 옆에 서서 물건을 사
고판다. 상규 형은 하루에도 여러 차례 광장 동쪽에 사는 포터
씨를 만나러 간다. 포터 씨는 우리의 다정한 친구다. 포터 씨는
우리가 사고파는 물건을 맡아준다. 상규 형은 하루에도 몇 번
씩 유리로 변신하지만 알고 보면 유리는 상규 형이 기르는 개
다. 유리는 지금도 서울에 산다.

6. 녹는다

아침햇살이 내리면 달팽이들이 녹는다. 아침 햇살 때문에 녹는 것들은 참 많다. 아침햇살이 내리면 삼계동 공원묘지에 있는 무덤들이 녹는다. 한 사람의 무덤이 녹고 두 사람의 무덤이 녹고 세 사람의 무덤이 녹고 네 사람의 무덤이 녹고 다섯 사람의 무덤이 녹는다. 무덤속의 얼굴들이 녹고 팔다리가 녹고 하얀 뼈들이 녹는다. 아침햇살이 내리면 우리는 눈사람처럼 녹는다. 걸어가는 아이들의 팔다리가 녹고 아이들 옆을 지나가던 자동차들도 녹아내린다. 아파트 옥상도 녹고 학교 지붕도 녹고 우체국에서 펄럭이는 태극기도 녹는다. 아침햇살 때문에 길가에 선 커다란 선인장들이 녹아내리고 빨간 옷 입은 여자들이 녹아내린다. 아침햇살이 내리면 날아가던 비행기가 녹고 비행기를 탄 사람들도 녹고 사람들의 가방에 든 여권과 옷가지들이 녹는다. 아침이면 내가 본 적도 없는 잠수함이 녹고 잠수함을 탄 해군들이 녹는다. 아침이면 내가 한 번도 보지 못한 집들이 녹는다. 대문이 녹고 지붕이 녹고 식탁이 녹고 배를 들썩이며 체조를 하는 중년의 사내가 녹는다. 아침이면 중년의 사내가 사는 집 옆을 흐르는 냇가의 바위들이 녹고 냇가의 가재들이 녹고 냇가를 헤엄치던 버들치들이 녹고 냇가에 핀 버들가지들이 녹는다. 아침이면 냇가와 수수밭 사이의 웅덩이를 헤엄치던 버들붕어들이 녹는다. 아침햇살이 내리면 아라비아의 야자수들이 녹아내리고 내가 기르는 선인장들이 화분과 함께 녹아

내린다.

7. 곰팡이

　겨울이면 나는 하루 종일 집에 있는 날이 많다. 밖은 춥다. 나가 봐야 좋을게 없어서 겨울이면 나는 종일 집에 있는 날이 많다. 겨울엔 나는 커피를 거의 마시지 않는다. 그래서 늘 졸린다. 낮에도 침대에 누워 이불을 덮고 오랫동안 낮잠을 잔다. 그렇지만 커피를 마시는 날도 있다. 커피를 끓이려면 주전자에 수돗물을 담아야하고 가스레인지 불을 켜고 물을 끓여야 한다. 가스레인지에서 불꽃이 올라오면 집이 따뜻해진다. 집 안이 따뜻해지면 곳곳에 곰팡이들이 피기 시작한다. 천장에도 벽에도 책상에도 침대에도 식탁에도 의자에도 어항에도 세탁기에도 세면대에도 이불에도 책꽂이에 가득한 책에도 곰팡이가 피기 시작한다. 거울을 보면 내 얼굴 곳곳에 작은 곰팡이들이 피어나고 있다. 기미처럼 눈언저리에 자라고 있는 것들이 자세히 보면 곰팡이다.

8. 우물

　그 집엔 우물이 있었다. 대청마루 앞에 있었다. 지금도 그 집은 남아 있지만 대청마루도 우물도 없다. 그 집에 우물이 있던 무렵 나는 행복했다. 물론 날마다 그랬던 것은 아니지만.

우물은 정지간 가까이 있었다. 정지간엔 장작들이 쌓여 있었고 곳곳에 거미줄들이 있었고 작은 거미들이 거미줄을 타고 놀았다. 아궁이 위엔 검은 무쇠솥이 있었고 아궁이엔 장작이 타고 있었다. 때로는 밥이 때로는 고구마가 무쇠솥 안에서 익어 갔다. 할머니는 석쇠에 생선을 올리고 아궁이 빨간 숯불 위에 구웠다. 생선 굽는 냄새 퍼지면 언제나 고양이가 꼬리를 세우고 정지간을 들락거렸다. 그 마을엔 우물이 있는 집이 많았다. 저녁이면 마을 굴뚝에서 연기들이 솟아올랐다. 연기들은 하늘로 올라가 구름이 되었다. 구름은 밤이 될 때까지 하늘을 둥둥 떠다녔다. 밤이 되면 하늘엔 별들이 꽃처럼 피어났다. 민들레처럼 노란 꽃들이 밤하늘 가득 피어 반짝반짝 빛났다.

9. 선인장

김참 씨는 요즘 선인장을 기르고 있다. 선인장을 물을 싫어한다. 화분은 방안에 있다. 방안은 건조하다. 그래서 선인장 화분은 며칠만 지나면 바짝 마른다. 그러면 김참 씨는 고민을 시작한다. 선인장에 물을 줘야할 것인지 말아야 할 것인지. 선인장 때문에 다른 고민도 있다. 잔가시가 많은 선인장은 조심스럽게 옮기지만 가끔 가시가 손가락에 박힌다. 잔가시들은 잘 보지도 않아서 뽑을 수도 없다. 통증은 의외로 오래 간다. 때로는 안

아프다가도 며칠 뒤에 다시 통증이 찾아온다. 선인장 화분을 만지지도 않았기 때문에 새로 박힌 가시도 아닌데. 그래도 김참 씨는 선인장이 좋다. 김참 씨는 달팽이 소녀에게 이름을 붙여준 것처럼 선인장에게 하나씩 이름을 붙여준다.

조말선

1998년 「부산일보」 신춘문예에 시 당선
1998년 『현대시학』으로 등단
시집 『매우 가벼운 담론』 『둥근 발작』.
제7회 현대시 동인상 수상.

시_

재스민 향기는 두 개의 콧구멍을 지나서 탄생했다 /
테레야마 슈지의 무선상상력으로 만난 i, ㅎ, j, m, B

산문_

프랑시스 퐁주의 「초원」은 진정으로 나를 겁탈하는가

재스민 향기는 두 개의 콧구멍을 지나서 탄생했다

피가 번질까봐 테두리를 그렸다

바닥으로 떨어질까봐 바닥으로 내려놓았다

너를 만들고 보니 더 외로워졌다

매달리면 추락을 염려했다

장미는 나와 같이 피지 않았다

맨드라미는 혼자 흘러내리고 있었다

재스민 향기는 어두운 두 개의 콧구멍을 지나서 탄생했다

테두리를 그리자마자 지울 궁리를 했다

입구를 원하는 자가 생기자 출구를 원하는 자가 생겼다

남겨둔 부분에 대한 연구는 성과가 컸지만

남겨진 부분이 계속 나타났다

손가락이 사라지도록 장갑을 꼈다

얼굴이 지워지도록 모자를 썼다

삭제키를 눌러서 모두 지웠다

강물은 어둠 속에서도 바닥이었다

노을은 너무 멀어서 계속 남겨졌다

문을 열었지만 문 안에 있거나 문 밖에 있었다

늪에 다다랐지만 전망대에서 조금도 나아가지 않았다

열정과 늪은 한 통속이었다

차들이 지나갔다

햇빛이 지나갔다

히야신스 향기가 매우 빨리 지나갔다

나는 계속 지나가고 있었다

남겨진 부분에 대해서 연구하고 싶었다

식구들이 흩어질까봐 액자에 끼웠다

식구들이 나와 벽 사이에 끼여 있었다

싱크대에 가까워질 때 식탁에서 멀어졌다

꽃들은 피었지만 꽃나무에서 멀어졌다

네게서 멀어질 때 내가 가까워지는 것은 분명히 있다

겁탈을 꿈꾸며 독서를 했다

칼이거나 향료이거나 얼음이거나 반란이거나 아름다움이거나 독이거나

돋보기의 도수가 올라갔다

노을은 사라졌으므로 탐구가 중단되기 일쑤였다

강물은 다시 푸르렀다

검푸른 얼굴들이 마주보았다

서로 어두워지고 있었다

비를 좋아하면서 우산을 펴는 것은 멜로다

더 이상 우산 밖으로 손바닥을 펴지 않기로 했다

흘러내리는 생각을 턱이 뾰족하게 깎아냈다

손바닥으로 턱을 떠받칠 때 손바닥의 생각은 섞이지 않는다

여름은 빽빽해졌다

여름은 벌레처럼 단어들이 창궐했다

명쾌한 명사는 점점 수식어가 많아졌다

당신의 아름다운 눈을 찾기 위해 수식어를 헤치고 나아갔다

당신의 눈은 점점 깊어졌다

나는 구번 트랙을 돌며 당신의 아름다운 눈을 노래했다

당신은 구번 외의 어느 트랙도 거부했다

나를 재생하고 재생했지만

당신은 나를 들을 수 있을 뿐이었다

테레야마 슈지의 무선상상력으로 만난 i, ㅎ, j, m, B

비로소

비가 오지 않는 방에서

주격조사 i는 빗소리를 증가합니다

마주보는 두 벽이 거울을 주문합니다

중앙은 테이블에 맞춰놓고

창문은 열려있습니다

주격조사 ㅎ이 옆에

침묵을 앉혀놓는 버릇은 따로 있습니다

이 중에서 밀애 중인 한 사람과

한 사람 사이의 다른 사람 덕분에

TV야구를 즐길 수 있기 때문입니다

특히 이닝과 이닝 사이에서

바깥의 비를 생각하는 재주는 천재적입니다

다행히 주격조사 j가 창문을 등지고 앉습니다

중앙에 집중하는 것은

일일연속극의 가르침입니다

빗소리가 가장 잘 들리는 곳은 j의 시입니다

비가 그치지 않았으므로

주격조사 m은 만나는 장소가 서술어입니다

m은 어러 번 쟁반을 들고

주방을 드나들며 주격조사를 첨가합니다

주격조사 B는 주격조사 b가

내리는 창문을 열어두었기 때문에

자기 시의 미래에 내릴 것입니다

프랑시스 퐁주의 「초원」은 진정으로 나를 겁탈하는가

프랑시스 퐁주에 관한 자료를 많이 찾지 못했다. 심지어는 1899년 출생한 것은 확인이 되고 있는데 반해 사망연도는 확인 되지 않고 있다. 인터넷검색에서도 더 이상 다른 자료를 얻어 내지 못했다. 내가 가진 자료는 두 권의 시집 『사물에 관한 고정관념』과 『일요일 또는 예술가』이다. 몇 년 전 도서관에서 『물』을 빌려본 바 있다. 한 편의 시를 위해서 그는 탐구가가 된다. 『물』을 쓰기 위해 6개월간 몇 cc의 물을 담은 투명용기를 탐구하면서 그는 물리학자가 되어보기도 하고, 음향가, 사전학자 가 되어보기도 하고 직접 물맛을 음미하기도 했다.

나는 그의 시의 오브제들이 좋다. 과일상자, 양초, 담배, 오렌 지, 굴, 문, 빵, 불, 나비, 고기 덩어리, 파도, 물, 성냥, 초원. 그의 오브제들은 저기에 있는 것들이기 때문에 차갑다. 그는 여기에 서 그들을 바라본다. 그의 손 안에 있지 않은 그들은 그와 감정 을 교류하지 않는다. 그는 어떤 개인적인 정서도 취향도 추억도

관념도 배제한 채 사물을 바라보고 있다. 불투명한 사물을 통과하여 투명한 인식의 세계에 도달한 시인의 시선을 훔쳐보고 싶은 욕구가 마구 흘러넘치는 사물들이 사랑스럽기까지 하다.

　'사물의 편'에 선 그의 시를 읽어나가는 것은 얼핏 고정관념에 사로잡힌 언어에 대한 탐색을 경험하게 한다. 그의 시집 제목에서 시사하는 바와 같이 그는 고정관념을 마다하지 않는다. 어느 순간 튀어오르기 위하여, 고정관념에 주먹을 먹이기 위하여 고정관념을 질질 끌고 가는 듯이 보인다. 그는 사물 하나를 분해하고 요리하고 공부하지만 곧바로 사물의 투명한 인식지점으로 돌진하지 않는다. 그는 인내한다. 사물을 인내하고 자신을 인내하고 언어를 인내하고 심지어 독자들의 인내까지 강요한다. 그의 시는 길다. 지루함도 몰려온다. 불필요한 어구가 돌출하기도 한다. 묘사로 이어져나가는 문장들이 뜀뛰기를 하지 않고 밀집한다. 시인에게는 위험한 사색가처럼 서두에서 오래 머무를 때도 있다.

　언어에 겁탈당하고 싶을 때 풍주를 꺼내든다. 겁탈이라니 정신 나간 소리하는 것 아니냐고 한다면 차분하게 겁탈의 정의를 살펴보자. 남의 물건을 으르대거나 폭력을 써서 빼앗음. 또는 강간이 겁탈의 사전적 의미이다. 여기까지 와 보아도 차분할 수가 없는 의미를 두고 나는 지금 무슨 상소리를 하고 있는 것인지 모르겠다. 상대가 방심한 틈을 이용하여 돌발적으로 일어날수록 더욱 그 여파가 증폭되는 겁탈은 결코 호의적으로 받아

들일 수 있는 단어로 사용되지 않는다. 아무리 시인이라 해도 말을 가려서 하라고 훈계할 수도 있겠다. 퐁주의 시에는 훈계도 반성도 없으니 내가 그의 시를 읽는 이유 중의 하나에 넣어두겠다. 훈계하는 사람들은 내버려두고 나는 퐁주의 「초원」을 읽으러 돌아가겠다. 그것에 겁탈당하기 위하여.

「초원」은 긴 시다. 내가 가진 시집의 아홉 페이지를 차지할 정도로 길다.

> 우리가 깨어날 때 대자연이 우리가 하고 싶어하던
> 바로 그것을 우리에게 제시하면,
> 찬사가 우리의 목구멍에서 금세 부풀어오른다.
> 우리는 천국에 있다고 믿는다.
>
>
> 내가 환기시키고 싶은 초원의 경우가 그러했는데,
> 그것이 오늘 나의 주제가 될 것이다.

「초원」의 도입부에서 그는 한참을 능청을 떤다. "나는 쓰고 있는 나를 본다"고 그는 말한다. 그의 글쓰기에는 창조적 성격의 인물과 비평적 성격의 인물이 공존한다. (이 텍스트는 '이'라는 말로 시작한다)거나 (이 텍스트의 첫 줄은 진실을 말한다)거나 (그것이 오늘 나의 주제가 될 것이다)라고 하는 식이다. 이런 메타텍스트적인 글쓰기는 그가 언어에 대한 관심이 얼마나 큰지를 알 수 있으며 대상에 대한 의식의 치열함을 보여주는 것이다. 이런 능청은 없어도 좋겠으나 이런 여유와 순차적인 묘사 중에 불현듯이 끼어드는 인식의 발견에 나는 겁탈 당한다.

> 녹색물감을 집어들고, 페이지 위에 칠하는 것이
> 초원을 만드는 것은 아니다.
> 그들은 달리 태어난다.
> 그들은 페이지에서 솟아난다.
> 그리고 밤색 페이지여야 한다.

퐁주가 선 사물의 편은 인간 중심의 위선적인 세계에서 소외되었던 사물들이 인간의 위치로 함께 하면서 동시에 인간에게 종사했던 언어로 하여금 사물에게 종사하도록 하는 경이로움을 보여준다.

> 초원, 꾸민, 초원, 가까운, 준비된
> (Pré, Paré, Pré, Près, Prêt)

이 행은 불어로 발음상 거의 동음에 가깝다. 음은 같지만, 의미는 다른 단어들이 모여서 초원을 이루는 기발한 언어감각을 엿보는 대목이다.

과거분사처럼 여기에 뛰어나게 누워있는 초원은

접두사들의 접두사,

접두사 속에 이미 접두사, 현재 속에 이미 현대처럼 스스로를

공경한다.

최초의 의성어들로부터 빠져나올 수 있는 방법은 없다.

그래서 그 속으로 들어가야 한다.

초원Pré이라는 단어와 단어의 앞에 붙는 접두사Préfix가 알파벳이 같다는 점을 활용한 재미있는 언어유희와 '접두사 속에 접두사, 현재 속에 이미 현대처럼Préfixe déja dans préfixe, présent déja dans présent' 에서 보여주는 퐁주의 언어유희는 단순한 언어유희에 그치는 것이 아니다. 그것은 초원이라는 세계의 인식의 경계에 도달한 사람만이 즐길 수 있는 허락된 놀이이다.

퐁주는 두 개의 신조어를 만들었는데 그 중 하나는 '대상-유희objeu' 라는 말로서 그의 텍스트론을 설명하고 있다. 대상objet와 유희jeu가 결합하여 만들어졌는데 대상의 배제와 주체의 소멸에 의해 얻어지는 새로운 텍스트의 장으로서, 세계의 실체적 깊이, 다양성과 엄격한 조화를 반영해내는 시각이라고 한다. 또 하나는 '대상-즐거움objoie' 으로서 사물자체에 내제한 구조가 텍스트 상에서 다시 펼쳐질 때 생겨나는 이 즐거움jouissance은 하나의 작품이 텍스트로 바뀔 때 언제든지 되살아난다고 한다.

그의 시는 나를 겁탈하는 텍스트이다. 내가 사물의 표면에서

머뭇거리고 있을 때 사물의 내부 깊숙이 나를 안내하는 안내자 역할을 한다. 수없이 미끄러지는 환상적인 텍스트들이 나를 지치게 할 때 환상 없는 그의 텍스트는 나에게 차갑고 고독한 이성을 일으켜 세운다. 「초원」에서 보여준 사랑과 죽음의 드라마적 요소는 시에서 필수적인 요소는 아니다. 이 드라마적 요소는 산문에 가깝지만 「초원」의 마지막 부분에 세운 묘비명은 너무나 시적이다.

　프랑시스 퐁주는 브르통, 엘뤼아르, 아라공 등과 같은 세대의 인물이나 시인으로서 알려지고 인정받게 된 것은 1942년 이후이다. 이 해에 그는 시집 『사물의 편Le parti pris des choses』을 발표하여 새로운 시학에 토대를 둔 독창적인 시라고 하여 시단의 큰 주목을 끌었다. 이어서 1944년 사르트르가 「인간과 사물」이라는 논문으로 상세한 퐁주론을 씀으로써 그의 이름은 일약 유명해졌다. 따라서 그의 시는 『텔켈』 잡지를 중심으로 한 젊은 소설가나 시인들에게 영향을 주고 있다.

　프랑스 몽펠리에 태생으로 철학을 공부하기 위해 고등 사범학교의 학과 시험에 통과했으나 구두시험에 실패한 후로는 철학을 버리고 문학 쪽으로 향했다. N.R.F.사에서 출판에 관계하기도 하고 알리앙스 프랑세즈의 교사로 일하기도 했다. 제2차 세계 대전 중에는 프랑스 공산당에 입당하고 레지스탕스 운동에 가담하여 롤랑 마르스라는 익명의 문필로 싸운 적도 있다. 그러나 천성이 학구적이며 사색가인 그는 스스로 문단을 멀리

하고 문학과 시에 대하여 새로운 각도와 관점에서 독자적인 시의 구상을 하고 있었다. 그러므로 그 자신이나 그의 초기 작품들은 일부 국한된 인사(사르트르, 카뮈, 화가 브라크 등)에게만 알려져 있었다. 그리하여 오랜 숙고와 각고 끝에 발표된 것이 전기한 시집이며 이 작품은 시 역사상 획기적인 것이었다.

이어서 「방법에 대한 10강좌Dix cours sur la methode」(1946), 「송림수첩Le carnet de bois de pins」(1947), 시와 산문을 합쳐 만든 새로운 문학 장르로서의 「프로엠Proemes」(1948), 「표현의 분노La rage d' expression」(1950) 등이 출판되었다. 60년대의 만년에 이르러 그의 시는 더욱 문제가 되고 그의 명성은 높아져 현재에는 그의 모든 작품이 발굴, 출판되고 연구와 논란의 대상이 되었다. 최근의 작품으로 「비누Le savon」(1967)가 있으며 1977년 3월에는 파리의 조르쥬 퐁피두 센터에서 그에 대한 성대한 전람회가 개최되어 노 시인에 대한 경의를 표하였다.

그는 사물들을 있는 그대로 묘사한다. 저기에 있는 사물들은 거기도 여기도 옮겨지지 않고 제 그림자만 드리운 채 저기에 있다. 그것은 누구와도 결탁하지 않기 때문에 역사와도 무관하다. 그의 사물들을 들여다보면 그들의 모습이 투명해진다. 뻑뻑한 수식으로 가득찬 근황의 안개가 걷히는 느낌이 든다. 그리고 어느 순간 나는 걸려 넘어진다. 매번 걸려 넘어진다. 그는 결코 미끄러지지 않기 때문이다. '왕들은 문에 손대지 않는다'고 생각하기 때문에 그는 직접 문을 열어주는 사람이 된다. 나는 문을 열지 않고도 문을 여는 행복을 맛본다. '팔로 문 하나를 껴안는 행복을' 맛본다. 그런 느낌은 뜨거운 감정으로 전달되는 것이 아니라 이성적이다. 그래서 차갑다.

식자공 여러분
이곳에 마침줄을 그어주시오.
그리고 그 아래에 행간을 남기지 말고 내 이름을 적어 넣어 주시오.

당연히 소문자로,
물론 이니셜은 제외하고
왜냐하면 내 이름의 이니셜이
내일이면 그 위에 자라날
회향풀Fenouil과 쇠뜨기풀prêle
의 이니셜과 같기 때문이다.
프랑시스 퐁주

*참고-네이버 지식검색, 『일요일 또는 예술가』, 『사물에 대한 고정관념』

정익진

1997년 『시와 사상』으로 등단
시집 『구멍의 크기』 『윗몸일으키기』.

목젖의 이유

옆사람의 목젖이 보이지 않는다.
돌고래가 튀어 올라 낚아채기라도 한 것일까.
주치의의 실패작이란 소문도 있지만
아무도 믿지 않는 눈치다.
하품을 할 때 목젖에 피어싱한 것이
눈에 거슬렸었지.
목젖까지 웃는 그 여자를 미행하고 싶었어.
목젖까지 보이며 우는 그 아이를 더 때려주었지.

새들의
악기들의
이파리들의 목젖.

녹슨 철로 위로 멈추지 않는 기차가 달린다.
옆에 앉은 사람의 목젖이 보이지 않고

그의 심장만 보인다.
그의 목젖이 보일 때까지
이렇게 누워 기다릴 것이다.

캠프파이어

겨울창가에서 떨어져 나온 언 손을 만지작거린다.
숲속으로 멀어져가는 손길,
뒷골목을 돌아서 나온 손과 손을 맞잡고
해변에 떨어진 손들을 주우러 간다.

손을 향하여 손을 뻗으면 손은 사라진다.
누구의 것도 아닌,
아무런 기능도 없는,
달빛에 반사되지 않고 손금도 보이지 않는 손들

누군가의 목을 조르던 손이 내 손 안에서 웅크린다.
방화범의 손이 내 손에서 떨고 있다.
물고기와 헤엄을 치던
기린의 목을 쓰다듬었던 손이,

친구 엄마의 젖가슴을 만졌던
아내의 따귀를 때렸던
내 남자의 지갑을 훔쳤던
손이 내손에서 쓰러져 있다.
길가에 떨어진 손들을 주워 쌓아 올린다.

기름을 붓고 성냥을 긋는다.
내 손에서 손들이 빠져나온다.
모두들 모여 불을 쬔다.
손뼉을 친다.

몇몇… 혹은 종합선물세트

가. 몇몇 인물들

문득 문득 내 마음 속에 떠오르는 인물들에 대해서 적어보고
싶었다. 펼쳐놓고 보니 모두다 외국인이고 예술가들이다. 뭐
특별한 의도 같은 것이 있었나 자문해보지만 별 의도 같은 것
은 없고 그저 나의 취향에 맞는 예술가들을 소개하고 싶었을
뿐이다. 혹 이들에 대해 관심이 있었던 사람들은 반가울 것이
고 이들에 대해 몰랐던 사람들은 새로운 인물들에 대한 정보나
묘사 등을 통해서 흥미를 가질지도 모르겠다는 생각이 든다.
정해진 형식 없이 비교적 자유스러운 분위기에서 글을 써 나가
며 필요한 경우 이들에 관련된 인용이나 학술자료들을 활용할
것이다.

1) 헬레나 본햄 카터Helena Bonham Carter

부산 롯데백화점 롯데시네마에서 2010년 개봉된 「이상한 나라의 엘리스」에서 우스꽝스럽게 분장을 한 붉은 머리 여왕 역할의 그녀를 딱 알아보았을 때, 뭐랄까 신비스럽다기보다는 참 흥미롭다고 생각했다. 그녀가 출현한 여러 영화에서의 이미지들이 그녀의 이름과 함께 떠올랐다. 셰익스피어가 창조한 수많은 페르소나처럼 앞으로 등장할 그녀의 페르소나들에 기대를 가져본다.

헬레나 본햄 카터Helena Bonham Carter

1966년 5월 26일 영국 출생

164cm

배우자 팀 버튼

데뷔 1983년 드라마 'A Pattern of Roses'

2010년 제14회 할리우드 어워즈 갈라 할리우드 여우조연상 수상

1997년 보스턴 필름 페스티벌 최우수배우상

배우들의 파격적인 변신에 깜짝깜짝 놀랄 때가 있는데 '붉은 머리 여왕'을 바라보는 내내 참으로 경탄스러웠다. 그야말로 파격적인 연기 변신, 완전 망가지는 역할도 마다않는 그렇다고 그녀가 아무 역할이나 마구잡이식으로 배역을 맡는다는 뜻은 아니다. 아주 독특한 캐릭터를 골라서 출연하는 연기자다. 그

리고 그 역할에 몰두해서 그녀만이 표현할 수 있는 인간상을 보여준다. 그녀의 미모는? 글세요, 니콜 키드만, 모니카 벨루치, 샤를리즈 테론 등등 세계적인 다른 정상급 여배우들에 비해 미모가 월등한 것은 아닌 것 같다. 특히 그녀의 너무나 날카로운 코가 마음에 들지 않는다. 입술은 너무 작고, 아! 그러나 눈은 정말 아름답죠. 비틀거리는 인간의 내면을 꿰뚫는 눈빛, 머리가 좋아보여요. 스모키한 눈화장을 한 그녀의 눈동자 도발적이고, 엘레강스하고 매혹적이죠. 대사를 할 땐 영국식 영어 발음에 말이 빠른 것이 특징.

관련 검색어:

혹성탈출/ 팀버튼 /조니뎁 /벨라트릭스 레스트랭/ 랄프파인즈 /스위니토드/ 찰리와초콜릿공장 /미아 와시코우스카 /팀버튼/ 이상한나라의 앨리스/ 파이트클럽/ 유령신부/ 킹스 스피치 /데이빗 켈리

미아 와시코우스카, 벨라트릭스 레스트랭, 데이빗 켈리가 생소하다.
베라트릭스 레스트랭을 찾아본다.

Bellatrix "Bella" Lestrange was the first female Death Eater introduced in the books, and remained the only woman identified as such until Harry Potter and the Half-Blood Prince.

벨라트릭스 "벨라" 리스트렝지는 책에서 처음 나오는 여성 죽음을 먹는 자이며, 해리포터와 혼혈왕자 전까지는 여성 죽음을 먹는 자로 유일하게 소개되었다.

Helena Bonham Carter has portrayed Bellatrix Lestrange in Harry Potter and the Order of the Phoenix, and will reprise her role in the sixth film adaptation as well as the last.

헬레나 본햄 카터는 해리포터와 불사조 기사단에서 벨라트릭스 리스트랭지를 연기했으며, 6번째 영화와 마지막 편에서도 나오게 된다.

며칠 전 OCN에서 방영한 아카데미상 실황중계에서 헬레나 본 햄 카터가 「킹스 스피치」로 여우조연상 후보에 오른 장면을 보았다. 여전히 귀엽고 자유분방하고 여유 있어 보였다.

평범한 캐릭터와는 애초에 거리가 먼 헬레나 본햄 카터가 이번에는 기존의 이미지와는 확연히 다른 역할로 돌아왔다. 영국 왕실의 여왕이다. 관능미 물씬 풍기는 퇴폐적인 여인부터 유령, 심지어는 원숭이와 살인을 일삼는 악녀를 연기했던 것과 비교해, 꽤 큰 폭의 신분 상승이다. 헬레나 본햄 카터는 「킹스 스피치」에서 '말더듬이' 조지 6세를 내조하는 카리스마 넘치는 여왕 엘리자베스를 연기한다.

그녀는 갖은 수단을 동원해도 남편 조지 6세(콜린 퍼스)의 콤플렉스인 '말더듬증'을 치료할 방법이 없자 마지막 보루인 괴짜 언어 치료사 라이오넬을 남편에게 소개하고, 그것을 계기로 조지 6세는 자신의 콤플렉스를 극복해 나간다. 엘리자베스 왕비가 없었다면 조지 6세는 진정한 왕이 될 수 없었을 것이다.

제임스 아이보리 감독의 눈에 띄어 「전망 좋은 방」(1985)에 캐스팅된 그녀는 전설의 배우 앤서니 홉킨스, 바네사 레드그레이브 등과 호흡을 맞춘 「하워즈 엔드」(1992)에도 출연하며 확실한 '눈도장'을 찍었다. 그리고 이 두 작품으로 '가장 영국적인 히로인'이라는 타이틀을 부여받으며 배우로서의 전성기를 맞는다.

「도브」(1997)로 런던영화비평가협회상, LA영화비평가협회상 등에서 여우주연상을 수상하며 본격적으로 주목받은 그녀는 배우 경력에 포인트가 됐던 데이비드 핀처 감독의 문제작 「파이트 클럽」(1999)으로 자신의 이름을 대중에게 각인시킨다. 담배에 찌든 폐인 '말라 싱어' 역을 연기했다. 극 중 '폭탄 맞은 듯한 헤어스타일'은 훗날 그녀의 전매특허가 될 정도로 파급력이 컸다.

'팀 버튼 사단' 소속이기도 한 그녀는 남편인 팀 버튼 감독의 페르소나로 많은 영화에 출연했다. 「혹성탈출」(2001)부터 「유령신부」(2005) 「찰리와 초콜릿 공장」(2005) 「스위니 토드: 어느 잔혹한 이발사 이야기」(2007) 그리고 최근 개봉한 「이상한 나라의 앨리스」(2010)까지 호흡을 맞추며, 괴상한 상상력의 소유자 팀 버튼 감독의 세계에서 가장 기이한 캐릭터를 구축해왔다. 애니메이션부터 판타지, 뮤지컬 영화 등 다양한 장르를 넘나들며 그녀의 연기력을 과시하고 있다.

헬레나 본햄 카터의 초기는 청순한 이미지였다. 에드워드 포스터의 소설을 영화로 옮긴 「전망 좋은 집」에서 그녀는 부유한 집 규수의 이미지를 훌륭하게 소화하면서 지성과 미모를 겸비한(그녀는 케임브리지대학 출신이다) 여배우의 탄생을 알렸다. 하지만 그녀의 마음속에 웅크리고 있던 예술적 에너지는 동료이자 남편 팀 버튼 감독을 만나면서 탄력을 받게 된다.

할리우드에서 상상력으로는 둘째가라면 서러울 팀 버튼 감독은 헬레나 본햄 카터의 '끼'를 발견하고 자신의 작품 속에 쏟아낸다. 사실 헬레나가 연기한 캐릭터들은 보통의 여배우들이 소화하기에는 무리가 있는 역할이 많았다. 기괴한 외모를 지녔거나 괴팍한 성격의 인물이 상당수여서 '악인 전문 배우'라는 닉네임까지 가지고 있다.

헬레나가 아니면 소화할 수 없는 캐릭터들이 그녀를 통해 완전하게 존재할 수 있다는 의미이기도 하다. 바로 판타지 장르

의 독특한 캐릭터들이다. 그녀의 판타지 캐릭터가 가장 극대화
된 영화 「이상한 나라의 앨리스」에서 '붉은 여왕'을 연기한 그
녀는 보통 사람 세 배 크기의 머리를 가진 악독한 마녀를 선보
인다. 부하의 작은 실수에도 노발대발하며 "당장 머리를 쳐라!"
라며 윽박지르는 모습은 어느 배우도 쉽게 따라할 수 없는 카
리스마다.

2) 거트프리드 헬름바인Gottfried Helnwein, 1948~

우연한 기회에 조말선 시인이 알고 지내는 부산의 화가 S와
술자리를 함께 했다. 시인들이 어떤 시인을 좋아하는지에 호기
심을 가지는 것처럼 화가들은 또 어떤 화가들을 좋아하는지 궁
금했다. 뻔한 질문이기도 하지만 화가는 누구를 좋아하는지요
하고 물었다. 거트프리드 헬름바인과 또 한 사람 누구(?)를 좋
아한다고 했다. 무슨 '바움'으로 끝나는 이름을 가진 화가였는
데 기억이 가물가물. 이름이 마음에 들어 마음속으로 거트프리
드 헬름바인이라고 되풀해서 발음해 보았다. 거트프리드와 헬
름바인이 충돌해서 생기는 묘한 독일식 이름, 역시 헬레나 본
햄 카터와 마찬가지로 거트프리드 헬름바인이 주는 음성이미
지가 마음에 들어 다음날 검색을 해보았다. 역시 그의 작품들
도 나의 기대를 저버리지 않았다. 어마어마한 규모의 극사실주
의 풍경화를 그리는 사진을 보았는데 보는 나의 눈을 의심케

한다. 사진작가이면서, 수채화, 유화, 색연필까지 정말 다재다
능하다. 좀 더 전문적인 표현을 빌린다면, 포토리얼리즘 화풍
에 등장하는 동화적 요소들이 절묘하게 어우러져 고어틱하고
하이퍼 리얼리즘이 충만한 화풍이라 할 수 있겠다.

1948년생 인 헬름바인은 빈 출신인데 성적불량으로 짐나지움
에서 추방당하고 17세때 그래픽 전문학교에서 입학 하지만 면
도칼로 자해를 하거나 자신을 구속하는 등의 해프닝으로 여러
교사들로 부터 문제아로 낙인찍힌다. 하지만 빈 미술 아카데미
의 루돌프 하우즈너 교수의 교실로 들어가게 된다. 헬름바인의
작품에 붕대가 자주 등장 하느데 그곳에서 상처로 붕대를 감거
나 학대 받는 아이들을 극사실적으로 그린다.

그 후 개인전을 여는데 헬름바인은 회화와 사진, 작품 테마와
연결 되는 시위 같은 퍼포먼스도 선보이게 된다.

헬름바인의 소재는 '불편함' 이다.(불편함! 詩도 불편해야하나?
불편하지만 좋은 시들도 많다는 의견도 주목할 필요가 있지 않을까.)
「스콜피온스Scorpions−Blackout」 앨범 커버 디자인이 유명한데
이 작품은 원래 크기가 2×5m, 2×3m로 3면 구성의 셀프포트레
이트 시리즈 이다.
람슈타인Rammstein 앨범, 마릴린 맨슨Marilyn Manson과 미키마

우스도 유명하다.

　세계2차대전을 겪으면서 자라온 헬름바인은 자신의 불편한
심기를 사진속에 담아낸다.

　3) 게르하르트 리히터Gerhard Richter, 1932~

　헬름바인을 검색하다. 그림들이 눈에 띄어 리히터를 알게 되
었다. 현존하는 작가 중 데미언 헤스트에 이어 두 번째로 작품
가격이 높다고 한다.

데미안 허스트 /앤디워홀/ 신디셔먼 /로이 리히텐슈타인/ 와우 스토리 /브라

운 신부/ 포르치니/ 직업이름/ 로데론 화났어 /최후의날 /울두아르 /무한의

정복자/ 승리자 /국립현대미술관 가르침 현대미술/ 건틀릿,

　위의 검색단어에서 아는 사람은 데미안 허스트, 앤디워홀, 신
디 셔먼, 로이 리히텐슈타인 등등이다.

　게르하르트 리히터는 이렇게 말했다

　"나는 어떤 목표도, 어떤 체계도, 어떤 경향도 추구하지 않는다.
　나는 어떤 강령도, 어떤 양식도, 어떤 방향도 갖고 있지 않다.
　내가 무엇을 원하는지 모르겠다.

나는 일관성이 없고, 충성심도 없고, 수동적이다.

나는 무규정적인 것을, 무제약적인 것을 좋아한다.

나는 끝없는 불확실성을 좋아한다."

-1966년 게르하르트 리히터의 노트 중

리히터의 이러한 경향으로 보아 그는 모더니즘과의 종말을 고하고 이원론을 부정하는 '포스트모더니즘'의 성향을 강하게 드러낸다고 말 할 수 있겠다. 윗글을 곰곰이 따져보면 결국 혼자 가겠다는 말이다. 예술의 길은 역시 혼자 가는 것이 맞다고 늘 생각해왔다. 시라는 것도 마찬가지다. 어떠한 뚜렷한 원칙을 가지고 예술을 한다는 것은 예술가들에게 상당한 스트레스를 줄 것이다.

양식의 다양성은 이미 모더니즘에도 나타난다. 하지만 모더니즘의 양식적 다양성은 의도된 것이 아니었다. 모더니즘의 목표는 어디까지나 '새로움의 추구'에 있었고, 그러다보니 결과적으로 언어가 다양해진 것일 뿐, 양식의 다양성은 결코 모더니즘의 예술적 목표가 아니었다. 외려 모더니즘의 강령들은 저마다 '오직 내 것만이 진정으로 새롭다'는 식의 배타성과 독단성을 갖고 있었다. 포스트모던은 다르다. 여기서는 '다원주의'가 처음부터 의식적으로 추구된다. 심지어 전통으로 복귀하면

안 된다는 모더니즘의 터부도 포기된다.

나. 몇몇 색깔들

1) 빨강, 붉은, 빨간

　나를 비롯하여 빨간 혹은 붉은이란 형용사를 너무 많이 사용했었어.

　활자매체에 등장했던 모든 빨강과 사람들이 말하는 모든 빨간을 모조리 끌어 모아 빨간 탑 하나 만들고 싶은 것이다.

　빨간 탑 하나, 아니면 두 개, 좀 더 욕심을 내어서 빨간 탑 열 개, 스무 개, 서른개……

　빨간 등대, 빨간 안개, 빨간 건물, 빨간 팬티와 빨간 브레지어,

　아무리 빨간에 대해서 이야기 해봐야 빨강은 없어지지 않아. 심지어 빨간 고양이, 붉은 나비, 빨간에 대한 소멸의식, 세상의 모든 빨강을 없애 버릴 거야.

　'붉은 방' 이라는 단편 소설도 있었지. 영화 '올드보이' 의 줄거리처럼 한 남자가 영문도 모른 채 납치되어 붉은 색으로만 칠한 방안에서 고문을 받는 다는 내용, 그래서 어떻게 되나?

　기억이 나지 않는다. 다행인 것은 내가 붉은 방에 가보지 못했다는 사실과 아무리 붉은 방에 대해서 아무리 노력을 해도 붉

은 방에 갈 수 없다는 것과 붉은 방에 가고 싶지 않다는 것이다.

붉은 화폭,
화가가 찢고 들어간 자리—피가 다 빠져나간
도시
거리에, 사람들이 흘러간다

바람에게 눈을 달아주었다면 머리카락은 모두 망각 쪽으로만
휘날릴 것이다
뭉텅이씩, 풍경이 뽑혀나가는 자리에
가발처럼 심겨지는 어둠들

나는 부스럼 자국 훤한 뒤통수를 열고는 눈꺼풀 없는 눈 하나
를 동그랗게 그려넣었다

그리고 이제는 눈물을 흘릴 차례,
오래 마르면
어둠도 유적이 된다 무덤의 풀밭처럼 머리카락 검은 갈기로
흩날리는 머리통 저 너머로
끝없이 달려가는 시간의 소실점이

거대한 한 점, 밤이 되어 돌아올 때

한 점의 캄캄한 화폭으로
뜬 눈일 때,
그곳에서 다시 맞는 아침처럼 아무리 달아나도 과거는 끝나지
않을 것이므로
내 무덤에는 시체가 없을 것이다,
화가가 버리고 간

화구에 찔린 눈으로 아침이 온다

바람에게 머리카락을 달아주었다면
태양은 헝클어진 붓끝으로 갈겨질 것이다―빌딩은 얼마나 견
고한 화폭인가
거리에,
붉은 눈망울들 흘러간다

―신용목, 「복제된 풍경화」

2) 푸른, 파란, 푸르른

빨간과 함께 시작품에서 가장 많이 등장하는 색깔 '푸른'이
다. 푸른색은 생명의 색이다. 무릇 생명을 가진 모든 살아있는

것들에서는 '푸른'이 감지된다. 또한 '푸른'은 면적이 매우 방대한 색이다. 푸른 바다와 푸른 하늘을 합쳐보자.

등대가 보이는 커브를 돌아설 때 사람이나 길을 따라왔던 욕망들은 세계가 하나의 거울인 곳에 붙들렸다 왜 푸른빛인지 의문이나 수사마저 햇빛에 섞이고 마는 그곳이 금방 낯선 것은 어쩔 수 없다 밝음과 어둠이 같은 느낌인 바다

바다 근처 해송과 배롱나무는 내 하루를 기억한다 나무들은 밤이면 괴로움과 비슷해진다 나무들은 잠언에 가까운 살갗을 가지고 있다 아마 모든 사람의 정신은 저 숲의 불탄 폐허를 거쳤을 것이다 내가 만졌던 고기의 푸른 등지느러미, 그리고 등대는 어린 날부터 내 어두운 바다의 수평선까지 비추어왔다

돛이 넓은 배를 찾으려고 등대에 올라가면 그 어둔 곳의 바다가 갑자기 검은 비단처럼 고즈넉해지고 누군가가 불빛을 보내고 그의 항로와 내 부끄러움을 빗대서나…… 죽은 사람이 바다 기슭에 붙힐 때 붉은 구덩이와 흰 모래를 거쳐 마침내 둥근 지붕 생기고 그 아래 파도와 이어지는 것들…… 혼자 낡은 차의 전도등 켜고 텅 빈 국도를 따라가면 고요를 이끌고 가는 어둠의 집의 굴뚝이 보인다, 낯선 이가 살았던 어둠, 왜 그는 등대를 혹은 푸른빛을 떠나지 못하는가

바다를 휩쓸고 지나가는 햇빛은 폭풍처럼 기록된다, 그리고
등대
푸른 빛과 싸우다

—송재학, 「등대가 있는 바다」

3) 노란, 노랑, 샛노란

현대문학 2011년 3월 표지가 노랗게 장식되어있다. 노락색 벽
앞에 얼마 전에 돌아가신 박완서 작가님께서 노란색 윗옷을 헐
렁하게 걸치고 서서 노랗게 미소 짓는다. 따뜻하다.

현관 앞에 국화 화분 하나를 사다 놓으니
가을이 왔다 계절은
이렇게 누군가 가져다 놓아야 오는 것인가
저 작은 그릇에 담겨진 가을,
노란 가을을 들여다보며
한 계절 내가 건너가 가져오지 못한 시간들을 본다

돌보지 못한 시간 속에도 뿌리는
있다. 모두 살아 있다 흙 속 깊이
하얀 실뿌리를 숨기고 어둔 흙 헤집어
둥근 터널 그 속으로, 먼 내 속으로 오고 있다

146

아주 오래전부터 쭈그리고 앉아 바라본

국화의 근본이여, 모든 계절의 초입이

나 몰래 튼튼한 뿌리를 내리고 있어

손을 내밀어 그냥 가져다 놓기만 하면 분명

한 계절의 꽃 필 법도 한 것이다

국화는 현관 앞 계절의 환한 등을 밝히고 있다

사람들이 지나가다 국화를 보며 아! 노란 국화,

하며 가을을 말하기 시작한다

내가 가져다 놓은 한 계절, 저 국화 화분은

한 바가지의 물을 건네주길,

해를 향해 화분의 방향을 가끔씩

누구도 아닌 내가 손수 돌려주길 기다리는 것이다

-고영민, 「국화 화분」

다. 몇몇 영화들

최근 내가 본 영화의 목록들이다.

「여름궁전」, 「숏버스」, 「어메리칸」, 「스트레이트 스토리」, 「엘 시크레토」, 「싱글맨」, 「하트비트」, 「쥐잡이꾼」.

「블랙 스완」, 「베로니카 죽기로 결심하다」, 「미스터 브룩스」, 「블로우」, 「크랙」, 「바흐 이전의 침묵」, 존 휴스턴 감독의 「프로이트」, 『릴리 슈의 모든 것」, 『하울의 움직이는 성」, 『윈터즈 본」, 『황해」, 『허수아비」.

이들 영화 중에 몇몇은 다운로드로 받아 본 영화들이다.

1) 『블로우Blow』는 영어 자막으로 본 영화, 대사가 짧았고 내용이 복잡하지 않아 줄거리를 이해하기에 큰 불편은 없었다. 조니뎁과 페넬로페 크루즈가 주연이다. 그런데 영화 중반까지가도 페넬로페 크루즈는 등장하지 않아 주연이 아니고 단역으로 출현하지 않았나 생각했다. 그래서 떠오른 말이 '페넬로페 크루즈가 등장 할때까지'였다. '페넬로페 크루즈가 등장 할 때까지' 이를 제목으로 하여 시를 한 편 써볼까 생각 중이다. 다음과 같이 몇 자 스케치 해봤는데 잘 될지 모르겠다.

페넬로페 크루즈 양이 등장할 때까지,
우리는 몇 남지 않은 인디언의 후예들과 매의 깃으로 장식된
긴 담뱃대를 돌려가며 허공을 향해 '살라바' 라고 외치며 연기
를 내뿜고 있었다.
페넬로페 크루즈 양이 등장할 때까지 우리 모두 일손을 놓은
상태였다.
호수에 빠진 얼룩말도 구출하지 않고⋯⋯

148

2)『베로니카 죽기로 결심 하다』는 무리하게 아무 자막 없이 보다가…… 아직도 다 못 본 영화, 책장에도 꽂혀있는 파올로 코엘류의 이 책을 처음 몇장보다가 아직도 다 못 본 책. 재미없다는 이야기가 아니고 우연히 못 읽었다는 말이다.

3)「바흐 이전의 침묵」은 극장에서 보았는데 중간중간에 졸다가 보아서 그런지 전혀 내용이 기억나지 않는다. 술먹고 필림 끊긴 것처럼…… 바흐의 바로크한 선율만이 꿈속에서 들려올뿐

4)『여름 궁전』

이들 본 영화중에 『여름 궁전』이 가장 오래 되었다. 국도예술관이 대연동 문화회관 근처로 이전하기 전에 보았다. 여름 궁전은 '불덩이' 같은 영화였다. 젊은 육체와 정신이 뿜어내는 타오르는 욕망의 에너지, 사랑에 대한 열정, 열기. 사랑이 남김 화인…… 등을 인두로 지진 듯한…… 머리에 뿔을 세우고 거대한 벽을 향해 전속력으로 달려가서 벽에 쾅하고 처박혀…… 콰당하고 쓰러져버리는…… 그런 느낌의 영화…… 강추!

영화가 시작되면 유홍(레이하오)이라는 중국과 북한의 경계지대,(처음에 한국말 대사가 나와 좀 의아했다.) 투먼에 살고 있는 아름다운 여자를 보게 된다. 그녀는 조선족 남자와 첫사랑을 나눈다. 그리곤 베이징대학에 입학한다. 1987년 베이징의 청년

문화가 폭발적으로 드러나는 이 영화에서 그녀는 저우웨이(궈샤오둥)와 사랑에 빠진다. 이들 사랑의 광기와 혼돈 속으로 1989년 천안문 사태가 섬광처럼 들어왔다가 빠져나간다. 저우웨이는 군 입영을 하게 되고 유홍은 베이징을 떠나 투면으로 돌아갔다가 우한, 베이다이허, 심양 등을 전전하다가 평범하고 가난한 회사원이 된다. 반면 저우웨이는 군대를 나온 뒤 대학 동기들이 있는 베를린으로 간다. 베를린 장벽이 무너지고, 베를린 거리의 시위대와 함께 저우웨이는 사회운동에 참여한다. 이때 리타라는 유홍의 친구가 옥상에서 돌연히 자살을 하게 되는데 섬뜩하고 불가해한 장면이다.(옥상 같은 데서 자기네들끼리 노는 중간에 느닷없이 뒤로 떨어지는데 참 충격적이었다.) 젊음과 정치, 사랑의 불안정성으로 돌릴 수밖에……. 영화의 마지막, 저우웨이는 유홍이 있는 중국으로 돌아오지만, 미래는 그 둘이 공유하기 불가능한 그 무엇으로 보인다.

(좀 전문적인 견해를 곁들인다.)

이 영화는 핸드헬드 카메라와 롱테이크 이후의 점프컷 등을 뒤섞어 10년이라는, 영화적으로는 장구한 역사적 시간과 벼락같이 짧은 젊음의 시간, 전광석화적 질풍노도를 교직시키고 있다. 영화의 섹스장면들은 어둡게 처리되어 친밀성이나 낭만보다는 은밀함과 혼돈을 시사한다. 천안문이 등장하지만 간단한 자료화면 등에 실려 당시의 열기만 분위기로 느껴진다. 반면에

여름 궁전의 인공 호수인 곤명호에 떨어지는 만월이 수면에 흩어지고 그 곁을 연인들이 배를 저어가는 장면들은 유치하지만 아름답다.

이 영화에서 흥미로운 것은 갈라진 두개의 혀로 중국의 가까운 현대사를 이야기하는 방식이다. 그러나 이 갈라진 혀로 능히 거짓말을 하는 것이 아니라 중국 내부의 중심(베이징)과 지역 혹은 변방(투먼과 우한, 심양 등) 그리고 베를린으로 표상되는 세계와 중국과의 동시성과 연관성을 말하고 있다. 그리고 이 갈라진 혀로 사적인 것과 정치적인 것의 교묘한 절합을 천안문과 포스트 천안문 시대, 국면을 통과하며 이야기하고 있다. 광적 사랑이라는 사적 영역을 표시하는 절정의 드라마로서의 감정과 몸의 극적 표출은 천안문 사태라는 정치적 분출과 중첩된다. 이 영화에서 재현과 현시는 사적인 것과 공적인 것으로 이분화됐다가 역사적 전환점이 되는 천안문 사태에서 겹치고 이후 모든 것은 그 효과 속에 놓인다. 유홍과 저우웨이는 천안문 사태의 역사적 행위자이자 피해자이기도 하지만 생존자다.

이 영화를 만든 중국의 로우예 감독이 정부로부터 5년간 영화제작금지처분을 받았다. 로우예 감독은 로테르담영화제에서 최우수 작품상을 받은 『수쥬』의 중국 내 상영금지처분을 받은 바 있으나 제작금지처분을 받은 것은 이번이 처음이다.

5)『스트레이트 스토리』는 시골영감님께서 어마어마한 거리 경운기를 타고 소원해진 동생집에 방문한다는 이야기…… 일종의 로드무비.

6)『싱글맨』과『하트비트』는 동성애 영화: 특히 영화『싱글맨』이 인상 깊었다. 동성애에 빠진 주인공이 죽은 연인을 잊지 못해 자살로 생을 마감하는 장면을 보면서 남자끼리의 사랑도 저렇게 절실할 수 있을까 하고 좀 놀라웠다. 이영화로 아카데미 2009년 남우주연상 후보에 올랐으나 제프 브리지스에게 상을 양보한 콜린 퍼스는『킹스 스피치』의 조지 국왕역으로 올해 아카데미 남우주연상을 당당히 거머쥐었다. 하지만『싱글맨』에서의 콜린 퍼스가 훨씬 좋았다.

7)『숏버스』는 성적인 영화(거의 포르노에 가깝다.): 어떤 남자배우가 발기한 자신의 성기를 자신의 입으로 집어넣으려고 무지하게 노력하는 장면이 기억난다.

8)『프로이트』
존 휴스턴 감독의『프로이트』를 해운대 시네마테크에서 보았다. 존 휴스턴 감독이라는 것도 흥미를 끌었지만 영화『젊은이의 양지』에서 본 몽고메리 클리프트를 더 보고 싶었다.

『젊은이의 양지』(원제: 아메리카의 비극: 51년 개봉)에 출연한 배우 몽고메리 클리프트가 프로이트 역을 맡았다. 단지 잘 생겼다고 하기에는 좀 모자란 너무나 아름다운 외모를 지닌 남자 배우, 몽고메리 클리프트(몬티라는 애칭이 있다). 56년 어느 날 엘리자베스 테일러가 초대한 파티에 가다 불행하게도 큰 교통사고를 당한 후로 배우로서의 내리막을 걷다 결국 66년 심장마비로 사망한다. 사고 이후 대대적인 얼굴 성형을 했다지만 예전의 몬티 특유의 아름다운 얼굴의 선은 살아나지 않았다. 이로 인한 엄청난 심리적인 좌절을 그는 끝내 극복하지 못했다. 몇 년도인지 모르지만 아주 오래전 부산 동명극장(지금의 남포파출소 앞, 문우당 옆)에서 젊은이의 양지를 보았는데, 이 영화를 보고나서 매우 심란했었다. 요즘 말로 기분이 꿀꿀했다는 표현이 적당하겠다. 아마도 영화의 결말이 너무나 불행했기 때문일 것이다. 흑백화면에 비친 엘리자베스 테일러의 아름다운 모습 또한 잊을 수가 없다. 영화 『프로이트』는 62년에 개봉, 몬티가 교통사고 이후에 출연한 작품.

빈 대학 의학부를 졸업한 프로이트는 파리의 정신병원에서 샤르코의 지도 아래 히스테리 환자를 관찰하고 최면술을 통한 치료 과정을 보게 되면서 인간의 내면에는 본인이 의식하지 못하는 과정, 즉 무의식이 존재한다는 것을 믿게 된다. 같은 의사이자 정신적인 아버지라 할 수 있는 브로이어와 함께 히스테리 환자를 치료하던 프로이트는 자유연상법을 통해 세실이라는 젊은 여성 환자를 완쾌시키게 된다. 또한 그녀의 아버지에 대한 사랑과 어머니에 대한 미움, 그리고 젊은 남성 환자의 어머니에 대한 집착 등을 목격하게 되면서 차츰 오이디푸스 콤플렉스와 '소아성욕론' 이론을 정립해 나가게 된다. 그러나 보수적인 학계에선 이를 받아들이지 못하고 학회에서 자신의 이론을 발표한 프로이트는 심한 모욕을 받는다.

무의식이란 그 이상한 자아Moi, 다질적이고 변화한다고 해서 통일성을 갖지 못하는 것이 아니라, 자신의 고유한 영역을 총합하는 통일성을 가지는 단위이다. 이런 단위가 무엇인가라고 할 때, 우리는 자아(인격)이라고 말할 수밖에 없다. 이런 인격의 내재적 성질을 다루면서 그 안에dedans는 주체je가 알지 못하는 영역(terra incognitas, 무의식의 영역)이 있다는 것이다. 이 영역을 다루는 학문은 19세기가 와서야 실증적으로 다룰 수 있게 된다.

이 무의식의 현상은 의식과 전혀 다른 현상으로 나타난다. 가장 쉽게 접하는 현상으로, 예를 들어, 어느 날 아침에 아무 것도 전날과 다를 바 없는데, 집을 나서면서 오늘은 이상하게도 좋은 일이 있을 것 같다고 여기는 경우가 있다. 그리고 의식하지 않지만, 하루 종일 생각지도 않는 10년만의 친구를 만났거나, 의외로 새로운 계약 건이 생기거나…… 등등으로 하루가 소위말해서 애쓰지 않아도 술술 풀려나가는 것이다. 이것은 나의 의식이 계산하거나, 어떤 노력을 들이지 않았음에도 저절로 이루어지듯 이루어진다. 이런 현상을 우리는 종교적 감정인 은총과 닮았다. 이런 의식은 무의식적으로 이루어지는 것이다.

다른 예로서, 특히 화가나 조각가가 등의 예술가의 경우, 오랜 작품을 구상하다가 어느 날 갑자기 작품 앞에서 지금까지 열심히 의식적으로 구상했던 방식과 다른 방식이 작품이 이루어지는 것을 보고 환희를 느끼며 작업하는 경우이다. 이 미의 감정은 무의식적 발현이다. 이런 예술적 감정에서 무의식과 연관한 작품들은 후기 인상주의에서 초현실주의에 이르는 시기에 지배적 경향이었다.

많은 도덕가들이 전하는 바에 따르면, 도적적 감정에도 무의식적 경향이 있다고 한다. 인간이 타인의 불행이나 죽음 앞에 연민의 정을 느끼는 것은, '자 지금부터 슬퍼하자 그리고 울자'라고 의식하고 슬퍼하는 것은 아니다. 특히 자식을 잃은 어머니 슬픔에 대한 도덕적 심정은 인류의 근원적 의식에서 나오는 것인지도 모른다. 이렇게 '모른다'는 점에서 의식적이 아니라 무의식적이다.

155

은총, 미 감정, 연민과 다른 하나가 또 있다. 어느 날 갑자기 길을 가다가 만난 여자(남자)를 보고서, 눈에 뭐가 씌운 듯이 사랑에 빠지는 경우이다. 이것은 어떤 의식으로도 설명이 안 되고, 스스로도 모른다고 한다. 특히 결혼에서 남들은 다 '이 사람'이 좋다고 하는데 굳이 당사자만이 이해할 수 없을 정도로 '다른 사람'을 선택하는 경우에 그의 선택에 대해 물으면 합당한 견해가 없으면서 '그저 내 마음에 든다'는 '제 눈의 안경식'의 답만을 드는 경우이다. 이런 선택에 작용하는 무의식은 애정적 감정(le sentiment affectif)에 속한다고 한다. 여기에 성관심의 문제가 직접적으로 연관되어 있다.

우리가 제시한 무의식과 연관된 종교적, 미(예술)적, 도덕적, 그리고 애정적 감정의 문제가 철학사상에서는 19세기에 본격적으로 제기되었다. 이런 문제제기도 프랑스 대혁명 이후로 인간의 의식이 절대자로부터 자유로워짐으로부터 가능했다. 종교에서 키에르케고르, 예술에서 인상주의화가들과 그 이후, 사회 도덕과 역사에서 니체와 마르크스, 인간의 심리에서 프로이트 등은 이런 무의식의 권능puissance에 대해 낌새를 알아차린 자들이다. 그리고 이런 사상적 조류를 실증철학으로, 무의식(심층 의식)의 권능을 "질료형이상학"으로 수립한 사람은 베르그송이라고 본다.

–찬솔, 동서 아트 치료 문화 연구소

9) 『윈터스 본winter's bone』

윈터스 본, 겨울의 뼈라는 말인데 정말 뼛속까지 시려오는 그런 영화다. 제니퍼 로렌스라는 어린 여배우가 주연을 맡았다. 2011년 83회 아카데미 시상식에서 당당히 여우주연상 후보로 지명되어 카메라에 자주 그 모습을 드러냈다.(아, 여자들은 역시 꾸미기 나름인가, 어깨까지 늘어드린 치렁한 금발, 빨간색드레스를 입고 웃고 모습이 너무 예뻤다.)

데브라 그래닉 감독의 『윈터스 본』은 아프긴 아픈데 흠씬 두들겨 맞은 순간의 아픔이 아니라 골병이 들어 욱신거리는 아픔이다. 소리조차 내지를 수 없는 통곡과 비명이다.

겨울, 황량함으로 덮인 어느 산간마을. 얼어붙은 빨래 옆에 덩그러니 걸려 있는 추레한 성조기를 유심히 보지 않은 이상, 이곳이 어느 나라인지도 분간이 안 된다. 미국 남부 미주리주 오자크의 어느 마을이란다. 시간의 진화가 전혀 이루어지지 않은 듯한 공간. 미국에도 이런 곳이 있었던가. 순간, 우리의 기억 속에 존재하는 미국이라는 나라의 이미지들을 검색해 보지만, 이런 이미지는 저장돼 있지 않다. 낯설고, 생경하다.

『윈터스 본』의 공간 창출은 낯섦에만 있지 않다. 이 영화에는 시퀀스와 시퀀스 사이에 상황을 설명하고 설정하는 전경숏景이 없다. 열일곱 살 소녀, 리 돌리(제니퍼 로렌스)의 삶을 향해 바로 돌진한다. 이유 없이 우리는 주인공 소녀의 삶 속으로 직접 빨려 들어간다. 화면은 답답하고 폐쇄적이며 리 돌리의 움직임에 국한돼 있다. 무엇인가에 짓눌린 것 같은 무거운 공간 연출. 이는 어린 나이에 가혹한 삶을 짊어진 한 소녀의 내면 풍경인 셈이다.

『윈터스 본』은 우리에게 익숙한 장르의 형식을 과감히 벗어 던짐으로써 영화의 내면으로 우리의 관심을 이끈다. 사건이 있고, 베일에 가려진 진실이 있으며, 공포와 전율을 선사하지만, 영화는 이러한 영화적 구조에 묻혀 허우적대지 않는다. 세계의 폭력과 위협에 맞서는 열일곱 살 소녀의 고투를 생생히 지켜내기 위한 수단으로 장르를 활용하는 것이다.

따라서 '스릴러', '서스펜스', '미스터리' 등등의 이 영화를 수식하는 몇 가지 장르적 코드를 믿고 영화를 본다면, 금세 배신감이 밀려온다. 장르의 법칙에 익숙한 관객이라면 너무 밋밋한 서사적 결말에 정말 실망할지도 모른다. 물론 이 영화가 이러한 영화적 요소를 전혀 갖고 있지 않은 것은 아니다. 외려 『윈터스 본』은 '스릴러'의 장르적 외피를 두르고 있으며, '미스터리' 극적 구조와 '서스펜스'가 살아 있는 영화다. 다만 수면 위로 드러나지 않고 잠복해 있을 뿐이다. 영화적 구조가 영화적 내용을 묵묵히 뒷받침하는 형식으로만 작용한다.

정신이 온전치 못한 엄마와 아직 자신의 삶을 책임질 수 없는 어린 두 동생을 보살펴야 하는 소녀 가장, 리 돌리에게 가장 중요한 것은 '진실'이 아니라 '생존'이다. '생존'이 곧 '진실'인 셈이다. 그러기에 마약쟁이 아빠의 생사 여부나 죽음을 둘러싼 진실보다는 자신을 필요로 하는 가족을 지키는 것이 무엇보다 중요하다. 진실을 파헤치는 미스터리 극적구조보다는 리 돌리의 생존투쟁이라는 영화적 내용이 우선시되는 이유가 바로 여기에 있다.

『윈터스 본』에서 느껴지는 공포와 긴장감은 잔혹함과는 거리가 멀다. 유혈이 낭자한 폭력 장면 하나 없이도 세상의 폭력을 떠안고 살아야 하는 소녀의 일상을 생생하게 담아낸다. 리 돌리에게 엄습하는 폭력과 공포는 스크린 외부에 존재한다. 화면의 배후에 도사리며 화면 속 주인공의 삶을 옥죄기에 더욱 옴짝달싹하기 어렵다. 소녀를 둘러싼 외부의 폭력을 내면의 공포로 형상화해내는 연출력이 놀라울 따름이다.

이 영화가 언급될 때마다 두루 얘기되는 제니퍼 로런스의 연기력에 관해서는 반박의 여지가 없다. 제니퍼 로런스가 아닌, 리 돌리라 해도 전혀 이상할 게 없다. 이러한 재능 있는 배우를 발굴하고 영화 속 인물로 완벽하게 재현해 낸 데브라 그래닉은

이 영화 한 편으로도 기억해야 할 감독 목록에 추가할 만하다. '절제의 미학'을 다루는 솜씨가 예사롭지 않다. 『윈터스 본』은 오랜만에 영화미학과 감독의 연출력에 관해 얘기할 만한 영화로 기록될 것이다.

흥미로운 것은 리가 찾아다니는 것이 아버지가 아니라는 사실이다. '아버지의 귀환'이나 '정상 가족의 회복' 같은 낭만적 명제는 이 영화의 관심사와 아무런 관련이 없다. 아버지는 죽었다. 완전히 소멸되었다. 그러므로 죽었다는 사실을 증명할 수 없다. 리 돌리가 찾아다니는 것은 아버지가 죽었다는 사실을 증명할 수 있는 증거이다. 그래야만 법원에 출두해야 할 의무에서 자유로워질 수 있고, 남은 세 가족이 생존할 수 있기 때문이다. 어른들은 모두 아버지가 죽었다고 말하지만 그가 어디서 어떻게 왜 죽었는지에 대해서는 알려고 하지 말라고 한다. 리는 그것을 알려다가 죽음 일보 직전까지 간다. 그녀는 끝까지 자신이 살고 있는 마을을 지배하고 있는 룰이 무엇인지 알지 못한다. 모두 어떤 법칙이 있다고 말하지만 그것에 저항하는 행위는커녕 그것이 무엇인지 알려고 하는 행위조차 용납되지 않는다. 리가 알게 된 사실이라고는 아버지는 그 룰을 어겼고 그 뒤 흔적도 없이 사라져버렸다는 것뿐이다.

이 영화는 진실을 꽁꽁 숨겨두었다가 주인공의 영웅적 탐험에 의해 그것이 밝혀지고 진실의 회복에 안도하며 극장문을 나서게 만드는 종래의 미스터리/스릴러물과는 전혀 다른 길 위에 있다. 그럼에도 불구하고 관객은 두 가지 이유에서 끊임없이 긴장하게 된다. 하나는 언제 누가 나타나 리를 어디로 끌고 갈지 알 수 없기 때문이고 다른 하나는 리의 가족이 언제 집 밖으로 쫓겨날지 모르기 때문이다. 리는 매번 등장한 이들에게 '내가 당신을 따라갈 정도로 바보인 줄 아냐'고 물어보지만 따라가지 않을 도리가 없다. 목숨을 걸지 않으면 아무것도 알 수 없고 그녀의 가족을 지켜줄 어떤 정보도 얻을 수 없기 때문이다. 리에게는 다른 선택의 여지가 없다. 그녀가 다람쥐 가죽을 벗기기를 주저하는 어린 동생에게 했던 말인 "때로는 하고 싶지 않은 일이라도 할 수밖에 없다"는, 정확하게 그녀가 처한 상황에 적용되는 말이다. 그녀에게 성장은 고통의 다른 말인 동시에 거부할 수 없는 것이다. 게다가 그 성장을 통해서 그녀가 알 수 있는 유일한 진실은 세상은 좀처럼 알 수 없는 곳이란 사실뿐이다.

라. 몇몇 시들, 르네 샤르René Char, 1907~1988

르네 샤르는 1929년 이후 초현실주의 운동에 합세하여, 브르똥과 엘뤼아르와 함께 그들의 시적 작업에 동참한다. 제2차대전 시 그의 고향이기도 한 프로방스의 항독운동을 지휘하고,

그 경험을 「이쁘노스의 산고Feuillets d'Hypnos」(1946)에 상기하고 있다. 그는 1945년부터 대중적 활동을 떠나서 파리와 단절된, 그의 고향 프로방스 지방에서 시인-농부의 생활로 돌아간다.

깔라봉 방앗간. 흘러가는 한 해 두 해, 매미들의 농가, 명매기의 성관. 이곳에서는 누구나가 웃음으로 청춘의 주먹으로 억수같이 말을 했다. 이제 늙은 반항자는 스스로 쌓아놓은 돌에 둘러싸여 연약해졌다. 대부분은 얼음, 고독, 더위로 죽어갔다. 징조 또한 그들대로 꽃들의 침묵 속에 잠이 들었다.
로제 베르나르. 괴물들의 지평은 그의 영지에 너무 붙어 있었다. 산에서 구하지 마라. 하지만 산에서 얼마간 떨어진 곳, 오쁘데뜨 동굴에서 국민학교 학생의 얼굴을 한 벼락을 만나면, 벼락에게로 가라. 오, 벼락에게로 가서 미소지어라. 벼락은 틀림없이 우정에 굶주리고 있을 테니까.

―르네 샤르, 「고통·표시·침묵」

여인은 상을 차렸고, 마주앉아 뚫어지게 바라보고 있는 남자가 좀 후에 나직이 말할 것을 여인은 무결하게 마련하였다. 오보에의 혀를 닮은 이 영양식.
식탁 아래서, 살이 드러난 여인의 발목은 사랑하는 남자의 열기를 애무한다. 그러는 동안, 들리지도 않는 남자 목소리가 여인을 치하한다. 뒤얽혀 나풀대는 램프 불길은 심심풀이로 관능을 짠다.

침대 하나가 아주 멀리서, 잊히지 않을 산 속 호수처럼, 향그러운 시트의 버림을 받고 참고 견디며 떨고 있음을, 여인은 안다.

-르네 샤르, 「은밀한 애인」

르네 샤르는 또 이런 말도 했다.

"권력의 자리에 있어야 할 것은 원리원칙이지 결코 한 개인이나 개인의 기질이어서는 안 된다는 사실을 우리는 너무도 자주 망각한다. 인간이 쟁취해 낸 자유 의지, 발전, 행복은 인간 본성에 따른 것이지, 어느 개인의 생각이 구현돼서 나타난 것이 아니다."

마. 맺는말

피아노가 고개를 끄덕거리는가
말미잘의 아이들이 꼬리를 살랑대던가

내가 무릎을 끄덕이던지 귀를 살랑댈 때
자네 얼굴에서 자라나오는 꼬리는
어디를 향하여 헤엄쳐가는가

모래의 힘으로
터진 전구를 갈아 끼워 보았는가
아니다. 얼음의 증발하는 힘으로
꽃을 피워 보았다.

달을 터뜨리기 위해
우선 잠자리의 눈 속에 다이너마이터를
심어야 할 것이다.

김형술

1992년 『현대문학』으로 등단
시집 『물고기가 온다』 외 5권.
산문집 『그림, 한참을 들여다보다』 외.

나는, 쓴다

　　잠 안 오는 밤에 영화를 본다. DVD 한 장을 플레이어에 넣고 소파에 비스듬히 눕는다. 책장에는 보지 않은 영화들이 많다. 세상에는 내가 못 본 영화들이 많다. 하릴없이 나는 바쁘고 늘 무엇엔가에 쫓긴다. 바쁘게 쫓아오는 시간들을 물리치기 위해 나는 영화를 본다. 시간이라는 유령, 영화라는 무당.

　　「시간도둑들」「브라질」「피셔킹」「열두 마리 원숭이들」……
　　테리 길리엄, 71세, 이 이상한 영감님의 이상한 영화들을 좋아한다. 왜 좋아하는데, 그냥, 대답을 해놓고 한참을 또 묻는다. 왜 좋아하는데? 하지만 할말은 없다. 팀 버튼, 피터 그리너웨이…… 이런 괴상한 종족들만 좋아하는군, 대답하기 귀찮다. 그냥 내 취향.

　　빨리 잠들게 되기를 바라면서 영화를 본다. 「파르나서스 박

사의 상상극장」 내일 해야 할 일들에 관해 생각하면서 설렁설
렁 영화를 본다. 늘 그렇듯 설렁설렁이라는 말은 곧 취소당한
다. 벌떡 일어나 티비 쪽으로 몸을 기울여 영화를 본다. 나는
집중한다. 아, 어, 우, 후. 혼자 중얼거리면서 내일의 걱정 따위
까마득히 잊는다. 영화가 나를 빨아들인다. 영화 속으로 내가
빨려들어간다. 순식간에 바뀌는 시간과 공간, 이유 없이 서로
몸을 바꾸는 인물들이 내 속을 헤집고 들어온다. 나는 무중력,
어디에도 존재하지 않고 아무 곳에나 존재한다. 새벽이 밝아올
때까지, 아침이 등을 떠밀 때까지.

어떤 이미지 하나가 커다랗게 머릿속에 남아있다. 머릿속을
온통 채운 채 빙글빙글 돈다. 죽은 소들이, 흰 소, 검은 소, 얼룩
소들이 떠내려 온다. 네 다리를 하늘로 뻗은 채 홍수 진 진흙 강
빽빽하게 떠내려 오는 영화의 한 장면. 며칠이나 갈까. 나는 내
버려둔다. 곧 잊혀지겠지. 상관하지 않는다.

죽은 소들이 커피 잔 속에 가득 떠있다. 죽은 소들이 우렁우
렁 울며 잠속으로 떠내려 온다. 이미 죽어버린 주제에 울음은
무슨. 나는 상관 않는다. 상관 않는다. 원고마감은 다가오고 머
릿속에 죽은 소들이 떠내려 와 쌓인 채 썩지도 않고. 귀찮다,
귀찮아서 나는 소들을 방목하기로 한다. 이놈의 죽은 소떼들을
어디 묻어주기로 한다. 어디에다 묻을까. 한참을 생각하다가,

167

나는, 쓴다.

  죽은 소들이 떠내려온다
  끝 보이지 않는 소의 주검들이
  강을 가득 메운 채 느릿느릿
  눈앞을 흘러간다

  흰말, 붉은 말, 검은 말, 얼룩말

  물 위에 누워 둥둥
  강을 메우는 소의 행렬은 끝이 없다
  멈추지 않는다

  여기까지 써놓고 턱 막힌다. 소들을 어디 묻어주기는 글렀다
싶다. 역병이 돌아서 소들이 죽는다. 떼죽음을 당했다고 티비
는 떠든다. 그게 뭐 어쨌다고. 이건 단지 영화의 한 장면에 불
과하잖아. 아니 이건 실제 상황이라고 신문이 나불거린다. 그
게 나랑 무슨 상관이 있다고. 나는 노트북을 쾅 닫아버린다. 아
프겠다. 노트북.

이미 죽거나 죽어야할 소떼들이 안방에 쏟아진다. 내팽개쳐
진다. 미안하다 왠지 나는. 말이 씨가 된 건가. 하필 그 장면을
머릿속에 담은 내 불찰이 아닐까. 정부와 행정당국과 방역관계
자들이 해결할 일이지 나는 아니다. 그렇고 말고. 그래도 여전
히 죽은 소들 울음소리가 뒤통수를 친다. 내 잘못인 것 같다.
말의 가장 원초적인 형식인 울음. 울음에 관해 한참을 생각하
다가, 머뭇머뭇, 나는, 다시 쓴다.

죽은 말들이 떠내려 온다
끝 보이지 않는 말의 주검들이
강을 가득 메운 채 느릿느릿
눈앞을 흘러간다

흰말, 붉은 말, 검은 말, 얼룩말

물 위에 누워 둥둥
강을 메우는 말의 행렬은 끝이 없다
멈추지 않는다

홍수가 났다. 피난가자. 어머니 다급한 목소리가 등을 친다.

동아줄 같은 빗줄기가 쏟아진다. 저수지를 뛰어넘은 붉은 물너물이 방안으로 쳐들어온다. 이고 지고 손에든 몇 가지 세간 함께 산 쪽으로 달리면 게 섰거라 강물도 부리나케 쫓아온다. 미처 간수 못한 세간들을 싣고, 뿌리 뽑힌 나무, 돼지와 닭, 덩치 큰 소들을 후려채며 으르렁거리는 물살이 발뒤꿈치를 문다.

물가에 가지마라, 절대로. 하늘이 무너져도. 저 돼지처럼 떠내려간다. 뼈도 못 추리는 물귀신 된다. 장대비도 좋고 양동이 비도 좋은 내 엉덩이에 돼지꼬리가 돋는다. 이런 구경거리는 흔치 않은데. 어쩌면 세상이 뒤집어질지도 모르는데, 그러면 심심하지 않은 새 세상이 올 것도 같은데.

구시렁구시렁 속으로 대꾸하면서 아무도 몰래 물가로 간다. 널뛰는 미친 년 같은 물살들을 황홀하게 바라본다. 하늘이 두 조각나도 무너지지 않으리라 믿었던 콘크리트 다리가 두 동강이다. 마을의 집 몇 채가 무너지자 물 위로 사람들이 떠내려 오기 시작한다. 사람들은 소, 돼지가 아니다. 언제 무너질지 모르는 다리 위에 긴 사다리 몇 개을 누군가 물에 던진다. 물가에는 비명소리와 울음소리가 성난 물소리보다 더 크게 울려 퍼진다.

뜨거운 햇빛이 쏟아지는 무너진 다리 위에 앉아서 물을 내려다본다. 물속에서 울음소리가 들린다. 바다로 떠내려갔거나 강

바닥에 가라앉았을 목숨들의 육성이 들린다. 이상하다. 울음소리는 노래 소리와 닮았다. 격렬하게 끓어올랐다 기운이 쇠진해지면 나지막하게 갈앉았기를 반복하며 굽이굽이 몸속에서 차오르는 말. 그 말, 그 울음, 그 노래는 허공에 흩어지지 않고 인간의 몸속으로 스며든다. 인간의 몸속에 숨겨진 조그마한 종들이 깨어난다. 텅. 텅. 텅. 몸속에 크고 작은 파장을 만들어 흔든다. 홍수에 관한 기억과 죽은 소들과 죽지 않는 말들과 노래들에 관해 아주 잠깐 생각하다가 나는, 쓴다, 거침없이.

무너져버린 다리 위에 앉아
말들을 내려다본다

안장과 재갈은 버렸으나
여전히 버리지 못한 무쇠굽 박힌
네 발로 하늘을 가리키며
죽어서야 비로소 물 위를 걷는
말들

하늘을 찌르는 긴 사다리 하나가
우쭐우쭐 강가로 다가온다
ㄱ ㄴ ㄷ ㄹ

춤추는 기호가 허공을 읽는다
우물우물 나도 따라 읽는다

내 입 속의 사다리가
강물 속에서 죽은 말들을 끌어올린다
퉁퉁 물에 불었으나
썩지 않은 말의 주검들

귓속을 메우고 입속을 채운다
죽은 말들이
가슴이 터질 듯 내 안에 쌓인다

여기까지 써놓고 한숨을 푹푹 내쉬다가 나는 또 노트북을 팩, 닫아버린다. 보기 싫다. 노트북은 죄 없는데, 망가지면 또 사야 되는데, 빈소엘 가야한다. 빈소에 가는 일은 힘겹다. 힘겨운 일들이 자주 내 주변에 일어난다. 소도 죽고, 닭, 돼지도 죽고 친구나 동료들도 자꾸 죽는다. 위로하는 일에 나는 서툴다. 아무 말도 못하고 그저 죄인처럼 술만 퍼마시다 상가를 나온다. 죽은 목숨들이 우쭐우쭐 술 취한 발걸음을 따라온다. 가족 친지들의 울음소리가 옷자락을 붙든다. 원고마감은 이미 지났다. 어찌어찌하여 다른 시들을 보내놓고 또 잊어버린다. 그러다 또

172

생각이 나서 전에 써 놓았던 걸 꺼내어 다시 읽어본다. 형편없다, 고 내 속의 평론가가 가차없이 말한다. 부끄럽다. 세상의 수많은 시인들이 부럽다. 재벌보다 더 부럽다. 어쩌다가, 어쩌자고 나는 시를 쓰게 된 것일까. 누가 자꾸 노트북을 열라고 등을 후려치는 것일까. 부끄러움에 부끄러움을 쌓아올려서 그 앞에 조그맣게 나를 세워두는 건 누굴까. 바람일까, 꽃나무일까, 내 속에 그득그득 쌓여있는 허영심일까. 속물근성일까. 한숨을 푹푹 내쉬며 모니터를 들여다보다가 다시, 나는 쓴다. 한껏 기가 죽은 채로.

기침이 난다 쿵쿵 구역질을 한다
한낮이 캄캄 아득해질 때
누가 떠민 듯
누가 세차게 등을 후려갈긴 듯
나는 노래한다

말갈기를 빗는 바람의 손으로
구름을 걷어차는 말발굽의 힘으로
잠든 길을 깨우는 말울음 소리로

아아어어

173

여기까지 쓰고 나는 중얼거린다. 끝내자, 더 못쓰겠다. 불쌍한 노트북이 묻는다. 이것 밖에 안 돼? 책장 속의 시집들이 비아냥거린다. 진부하군, 뜯지 않은 DVD가 바스락거린다. 이것은 시입니까., 벽에 걸린 그림들, 낡은 의자가 일제히 외친다. 이것은 시가 맞습니까? 나는 대답하지 않는다. 대답하지 못한다. 이불을 뒤집어쓰고 잠을 청한다. 잠에서 깨어나면 이것은 어쩌면 시가 되어있을까.

말 한 마리가 부스럭, 이불을 들추고 일어선다. 말 두 마리가 이불을 걷어찬다, 세 마리, 네 마리…… 수많은 말들이 침대를 뛰어내려 문을 부수고 떼 지어 밖으로 달려 나간다. 천정에서 사다리 하나가 내려온다. 누군가 사다리에 걸터앉아 운다. 맑고 청아한 목소리로 운다. 잠들기는 글렀군, 일어나 불을 켠다. 말의 발자국 가득 찍힌 온몸이 가려워 온다. 시키지도 않았는데 노트북이 턱, 저절로 열린다.

나는 쓴다. 원고청탁에 쫓겨서, 나는 쓴다. 누구에게 쫓기듯. 나는 쓴다. 아무 그리움도 없이. 나는 쓴다. 심심한 버릇처럼. 나는 쓴다. 하릴없이. 쓰고 또 써서 마침내 아무 것도 쓰지 않을 수 있을 때까지.

사과의 힘

사과는 늘 거북하다
사과를 소화하는 일은 체질에 맞지 않는다
쉽사리 받아들여지지 않지만
버리기도 힘들어 냉장고에 넣어둔다
떠억하니 자리만 차지한
허울뿐인 구색

냉장고에 넣어둔 사과는 썩지 않는다
오래 오래 버티다 시들 뿐이다
쭈글쭈글 쪼그라든 피부결마다
엷은 단내를 내뿜는
저 지독한 천성

(무슨 잘못으로 사과는 죄의 첫 번째 얼굴이 되었나. 무슨 잘못

으로 나는 폭염과 폭우와 찬서리의 시간들을 포용하지 못하나)

사과를 먹을 때마다
등줄기에 사과나무는 돋는다
사과를 받을 때마다
사과나무 뿌리들은 몸속을 파고든다

내 머리와 가슴 사이 오종종 서있는
사과나무 한 그루
상처가 곧 꽃이자 열매인
비루먹은 한 매듭의 생애

혼신으로 꺾어 네게 주마
단 한 번 네게 주고
단 한 번 내가 받아야 할 사과의 힘으로
꾸역꾸역 나는 살아있다

썩지 않는 사과를 가득 채운 채
늘 깨어있는 늙은 냉장고처럼

누가 바다를 보았는가

-김성춘 시인 인터뷰

안경알을 닦으며 바하를 듣는다.

나무들의 귀가 겨울쪽으로 굽어 있다.

우리들의 슬픔이 닿지 않는 곳

하늘의 빈터에서 눈이 내린다.

눈은 내리어 죽은 가지마다

촛불을 달고 있다.

聖 마태 수난곡의 一樂句.

만리 밖에서 종소리가 일어선다.

나무들의 귀가 가라앉는다.

今世紀의 평화처럼 눈은 내려서

나무들의 귀를 적시고

이웃집 그대의 쉰 목소리도 적신다.

불빛 사이로

단화음이 잠들고

누군가 죽어서
지하층계를 내려가고 있다.

−김성춘, 「바하를 들으며」 전문

　고 정영태 시인은 술자리에서 자주 이런 말을 하시곤 했다.
　"세상에 시인이 딱 네 명이 있거든. 허만하, 이형기, 김성춘, 그리고 나. 그 나머지 시인들은 음…… 몰라도 돼"
　농담 반 진담 반으로 하는 이 이야기를 자신은 물리지도 않는지 끊임없이 되풀이하곤 했는데, 특히 정영태 시인의 술자리에 처음 참석하는 시인, 그 중에서도 갓 등단한 젊은 시인이 있을 경우엔 어김없이 이 이야기부터 먼저 꺼내곤 했다.
　대부분의 시인들은 그저 듣고 말없이 들어 넘기고 말지만 누군가 정영태 시인의 이 말에 이러저러하게 조목조목 반박이라도 할라치면 되돌아오는 말은 딱 하나 "그러니까 니가 시를 그 정도의 수준 밖에 못 쓰는 거야"였다. 그러면서 자신을 제외한 위의 세 시인들의 시를 줄줄이 읊어가며 왜 그들이 훌륭한 시인인가를 열정적으로 강변하곤 했는데, 다른 시인들은 어땠는지 알 수 없지만 나는 자꾸 의기소침해지곤 했다. 나는 과연 이런 시를 쓸 수 있을 것인가. 어찌어찌 하다 보니 등단이라는 걸 하긴 했지만 내게 시를 쓸 만한 재능이라는 게 있기는 한 걸까.

95년쯤이었을까.

정영태 시인과의 술자리에서 거의 빠지지 않고 암송되던 시 「바하를 들으며」의 김성춘 시인을 처음 만났던 것 같다. 고속버스 터미널이 있던 곳인 지금의 롯데백화점 부근 호프집에서 당시 동인지 「행간」을 같이 하고 있던 조성래, 이규열, 이성희 시인과 같이 술자리를 했었다. 까마득한 후배들인 우리들의 시를 아낌없이 칭찬해주셨으므로 기분이 좋아진 우리는 총알택시를 타고 부산에서 울산까지 선생님을 바래다드렸던 기억이 생생하다. 그 이후엔 대구의 〈시와 반시〉행사에서 뵌 적이 있었던가. 시간은 인간의 기억을 지우거나 변형시키는 탁월한 능력을 가졌을 터이므로 내 기억 또한 정확한 것은 아닐 것이다. 그리고 작년 겨울, 허만하 시인, 정익진 시인과 함께 울산의 〈수요시 포럼〉 출판기념회에 참석해서 김성춘 시인을 뵈었다. 홀로 세월을 비껴간 듯 여전한 모습이셔서 놀랐고 시간의 흐름이 별 느껴지지 않는 선생님의 면모에서 오히려 내가 흘려보낸 시간의 얼굴들이 느닷없이 되살아났으므로 당황스러웠다. 게다가 그 출판기념회에 참석하기 얼마 전 부산의 선배시인 한 분과 술자리에서 시인의 나이 듦에 관하여 많은 이야기를 나눈 후 이러저러한 생각에 쫓기고 있었던 차에 김성춘 시인께서 7년 만에 시집을 출간한다는 소식을 들었다. 많은 시인들이 기억 속에 전범처럼 자리하고 있는 「바하를 들으며」 이후 김성춘 시인은 어떤 문학적 시간을 살아내신 것이며 어떤 시적 변화를 겪어 오신 것일까, 시간은 시인의 삶에 어떤 물리적, 화학적 변화를 일으켰으며 그로 인해 시인의 시에 어떤 세계관의 굴곡이며 미학적 변주를 가져오게 했을까, 궁금해지기 시작했다.

「방어진 시편」「흐르는 섬」「섬. 비망록」「그러나 그것은 나의 삶」「그대 집은 늘 푸른 바다로 넉넉하다」「요즈음엔 이상한 바다도 있다」「겨울극락 앞에서」「바다와의 동행」「수평선에게 전화를 걸다」「비발디풍으로 오는 달」. 이상이 김성춘 시인이 출간한 시집들의 제목이다.

시집의 제목에서 이미 알 수 있듯이 〈바다〉와 〈섬〉은 김성춘 시인의 시를 이야기할 때 빠뜨릴 수 없는 오브제이다. 하지만 나는 김성춘 시인의 시집을 몇 권 밖에 읽지 못했으므로 어쩌면 김성춘 시인의 시세계에 관해 거의 아는 게 없다는 사실을 깨달았다. 그래서 궁여지책일 뿐이지만 김성춘 시인께서 보내주셨고 또 내 책장에 꽂혀있는 몇 권의 시집을 열심히 읽는 수밖에 없었다. 과연 이 인터뷰가 가능하기는 할까 싶은 회의에 빠져있을 때 새해가 밝았다. 새해란 그저 인간이 정해놓은 시간의 규격에 불과할 뿐이지만 또 느닷없는 희망과 낙관을 가져다주기도 한다. 그 얼토당토않은 희망과 낙관에 기대에 나는 편견에 가득찬 나의 시각과 편협하기 그지없는 관점만으로 김성춘 시인의 시와 만나기로 결정했다.

코끼리의 다리, 코끼리의 꼬리 또한 코끼리를 이루는 한부분임에는 틀림없지 않느냐, 는 어리석은 자신감만 믿고서.

김성춘 시인의 시 속에 등장하는 주요 테마는 크게 나누어서 〈음악〉〈바다, 섬〉〈지역성〉이라고 나누어도 무방하지 않을까 싶다. 구체적으로 음악은 "예술에의 지향" 바다와 섬은 "삶에 관한 세계관" 지역성은 시인 자신의 삶이 영위되는 지역, 울산과 경주와 부산이라는 지역의 여러 곳에 관한 무한한 애정과 관심을 드러내고 있는 것으로 보여 진다. 그리고 위의 이 세 가지의 주제는 끊임없이 반복되면서 변주된다. 우선 이 세 가지의 주제에 관해 여쭈어보고 싶지만 아쉽게도 나는 클래식 음악에 관한한 그리 폭넓은 편이 못되므로 당혹감을 감출 수 없다. 나의 세대(60-70년대 세대)는 흔히들 이야기하는 대로 우드스탁(Woodstock Festival), 반전, 마리화나, 히피공동체로 대표되는 "머리에 꽃을 꽂는 세대(Flower Generation)"이다. 물론 한국현대사의 구체적인 부분들과는 괴리감이 없을 수는 없겠지만 반전과 평화를 외치던 이 플라워 제너레이션이 70년대 한국의 문화전반에 걸쳐 미친 영향은 결코 적지 않은 것처럼 내 삶에서도 마찬가지다. 70년대의 수많은 대중문화 아이콘들, 이를테면 밥 딜런, 조니 미첼, 지미 헨드릭스, 존 바에즈의 세례를 받으며 젊은 시절을 보낸 세대이기 때문이다. 그 중에서도 내가 열광한 건 짐 모리슨Jim Morrison의 록그룹 도어스The Doors인데, 시인이기도 했던 짐 모리슨의 노랫말은 70년대의 감수성을 가장 정확하게 대변하는 것이 아닐까 생각하기 때문이다. 지금도 나는 여전히 짐 모리슨과 도어스야말로 "Rock음악의 탁월한 문학적 해석"으로 이해하고 있는데, 이런 사설을 장황하게 늘어놓는 이유는 익히 아는 것처럼 김성춘 시인께서 클래식 음악 전문가이기 때문이다.(그건 허만하, 정영태 시인도 마찬가지이다) 대중문화, 그것도 Rock, Folk, Blues, Jazz의 세례를 받고 자란 나와 클래식 음악(클래식 예술의 전반)의 자장 안에서 시를 써오신 김성춘 시인과의 인터뷰는 어쩌면 그 결과가 뻔할 수도 있겠다는 조바심을 떨칠 수 없는 이유는 김성춘 시인의 등단작인 "바하를 들으며"를 나는 개인적으로 "클래식 음악의 탁월한 문학적 해석"이 아닐까 생각했기 때문이기도 하다.

봐라, 이건 꽃이다

바이올린 E선 사이로 폭설이 내린다. 폭설이 오다 그
치고 잠시 고요가
눈을 뜬다.
고요가 창호지 달빛이다. 고향 충무 앞 시퍼런 남해.
어릴 적 밤바다 어부들 노 젓는 소리.
나무마다 달빛 휘영청 찢어지는 소리.
노 젓는 소리, 대숲 바람, 절 한 채, 바다 위로 뜨고 있다.

봐라, 이건 눈 속에 핀 꽃이다.

—윤이상, 「현악 사중주를 들으며」 전문

김형술: 근황은 어떠신지요.

김성춘: 네, 잘 놀고 있습니다. 정년퇴직 후 아주 자유롭습니다. 먼저 '세드나'에서 이렇게 초대해 주셔서 고맙습니다. 2004년 8월에 정년퇴직(울산 무룡고교 교장)을 했어요. 퇴직 후 울산을 떠나 경주 시골로 집을 옮겼습니다. 조그만 텃밭이 있고, 집 주위 10분 거리에 신라의 유적이 산재해 있는 곳이죠. 아침 산책 코스에 선덕여왕릉과 진평왕릉, 사천왕사지도 있어요, 아시다시피 경주는 천년고도라 분위기가 좋고 도시가 느슨하고 사계절이 뚜렷해서 좋습니다. 늦잠도 자고, 3살배기 손녀와 재밌게 놀고…… 인생 2막을 흥미롭게 즐기고 있습니다.

　좋아하는 '삼국유사 원전 읽기' 스터디에도 나가고, 매달 '경주고전 음악 감상회'에도 나가서 술도 마시고…… 바쁘게 지냅니다. 토요일 마다 '동리목월 문학관'에 있는 '동리목월 문예창작대학'에서 학생들과 시 공부를 함께 하는 즐거움도 커요. "백수가 과로사 한다"고, 퇴직한 백수가 과로사 할까 겁나요. 올 3월쯤에 10번째 시집 『비발디풍으로 오는 달』을 낸 후 7년만에 제11시집, 『물소리 천사』(서정시학 시인선)를 출간할 예정입니다. 이번 시집 해설을 장석주 시인이 썼는데 해설

타이틀이 재밌더군요. 저의 시세계를 "슬픈 명랑함의 시"라고 명명 했더군요.

김형술: 「바하를 들으며」는 당시에도 굉장히 신선하고 모던한 시라는 평가를 받았던 걸로 알고 있습니다. 이 시를 쓰게 된 계기, 당시의 문단풍토, 문학사조 등이 궁금합니다.

김성춘: 「바하를 들으며」는 『심상』지 제 등단작입니다(1974년 1월). 졸작인데 운이 좋았다고 할까요. 『심상』지는 1973년 10월에 박목월 시인이 의욕적으로 창간한 시 전문지지요. 그 당시 『현대문학』지 등등의 문예지에서는 3회 추천 제도였는데 '심상'은 요즘처럼 1회로 등단을 시킨다고 해서 문청들의 관심이 컸었지요. 작품 응모를 하고 난 뒤 잊고 있었는데, 어느 날 김광림 시인(그 당시 심상 스탭진) 한테서 작품을 몇 편 더 보내라는 연락이 왔고, 얼마 뒤 이건청 시인한테서 당선통보를 전화로 받은 기억이 새롭습니다. 그때는 박목월, 박남수, 김종길 세 분 시인의 공동추천제였어요.

이 시의 모티브는, 6·25 부산 피난 시절, 바흐의 음악을 들으며(브란덴부르그 협주곡) 부산의 모 다방에서 '자살한' 전봉래 시인(현대시학을 창간한 전봉건 시인의 형)의 이야기에서 시적 동기를 얻었습니다. 다들 마찬가지겠지만, 저는 바흐의 음악을 특히 좋아합니다. 전봉건 시인은(클래식 마니아였음) 6·25 대구 피난시절 음악다방에서 디제이 생활도 했었지요. 그의 형 전봉래 시인도 바흐를 무척 좋아했나 봐요. 시인은 암울한 부산 피난시절, 그 생활의 절망 속에서 다량의 수면제를 먹고, 의식이 몽롱해지는 상태를 메모지에 기록하면서······ 바흐를 들으며 안타까운 삶을 마감했던 시인이었습니다. 바흐 음악과 한 시인의 안타까운 죽음이 오버랩되면서 상상력이 자극받은 셈이죠.

그해 74년 1월에 '심상사'에 가서 신인상 등단 기념패를 받았어요. 마침, 저의 아내(동화 작가 강순아)도 조선일보 신춘문예에 동화가 당선되어 경사가 겹쳐 함께 상경을 했었지요. 박남수 선생님을 '심상사'에서 처음 뵙고 인사를 드렸는데, 별 말씀이 없으셨고 시인의 두 겹 안경알만 기억에 남아 있습니다. 그날 저녁, 목월 선생께서 저희 부부를 원효로 선생님 댁에 초대해 주셨고, 거기서 김광림 이승훈 김종해 이건청 등등의 선배 시인들을 처음 만났던 기억도 납니다.

참고로, 저와 이수익 시인, 오규원 시인(4년 전에 작고)과는 부산사범학교 동기입니다.

부산사범 시절에 이수익은 문예반이었고, 오규원은 합창반, 저는 밴드부였습니다. 이수익은 고교시절부터 천부적인 시인의 자질을 보였고 오규원은 대단한 노력형이었습니다. 등단은 이수익 시인이 '서울신문 신춘문예'로 제일 빨리 등단했고 다음에 『현대문학』으로 오규원이 등단, 제가 그 다음이었습니다. 저의 20대는 부산 광복동에 있었던 클래식 음악다방과 함께 보냈다고 해도 과언이 아닙니다. 기억이 정확하진 않지만 그당시 부산시청(옛날 시청) 로타리 앞에 있었던 '칸타빌레'라는 고전음악 다방과 두 군데 더 음악 감상 다방이었었는데 이름은 기억이 가물가물해요. 틈만 나면(주로 주말) 왼종일 감상실에 죽치고 앉아 클래식 음악을 들었어요. 부산의 초등학교 교직에 있었던 오규원과 다방에 앉아서 음악 감상도 하고, 서로가 써온 습작품에 대해서 이야기를 나누곤 했죠(오규원도 그때는 무명의 문청시절). 주로 내가 오규원에게 시에 대한 이야길 듣는 쪽이었죠. 그때도 오규원은 나보다 시를 잘 알았고 잘 썼고, 그에게서 나는 시를 배웠죠. 오규원은 나의 막역한 친구겸 내게 처음으로 시를 가르친 시의 스승이었어요.

김형술: 한 사람의 시인을 거론할 때 누구나 알고 있는 대표적인 시를 가졌다는 건 행복한 일임에 틀림없을 것입니다. 하지만 다른 한편으로는 대표적인 시의 범주에 그 시인의 이미지나 시세계가 갇혀버릴 수도 있다는 점, 그래서 그 시인의 폭넓은 세계가 묻혀버릴 수도 있다는 점 또한 간과할 수는 없을 것 같은데, 어떠신지요.

김성춘: 그렇습니다. 어쩌면 모든 시인들은 한편의 자신의 대표작을 남기기위해서 시를 쓰고 있는지도 모르죠. 대표작이라면 독자들의 가슴에 오래 남아 있는 생명이 긴 작품이라 할수 있겠죠. 시인들 마다 약간의 차이는 있겠지만 데뷔작이 대표작이 되는 경우도 있을 것이고, 가장 최근의 시 중에서 대표작이 나올 수도 있겠죠. 대표작이 기억되는 시인은 행복한 시인이죠. 제 경우는 아직 잘 모르겠어요. 어떤 작품이 대표작이 될지는. 개인적으로는 최근의 시 「틈」이나 「물소리 천사」에 애정이 더 갑니다.

김형술: 제가 선생님의 대표시 5편을 골라주십사 부탁을 드렸을 때 선생님께서는 이번에 출간하는 시집에 실린 시 다섯 편을 보내주셨습니다. 제가 참 어리석었다는 걸 깨닫게 해주셨지요. 세상의 모든 시인들에겐 "지금 쓰

고 있는 시가 대표시"라는 걸 잊었습니다.

김성춘: 그래요, 그건 아마 저에게도 최근에 쓴 시들이 가장 마음에 들었다는 얘기일 겁니다. 하긴 작품의 완성도가 중요 하겠지요. 어떻게 재독 삼독 사독…… 힘겨운 세월을 견뎌 독자의 가슴에 살아남느냐가 관건이겠지요.

-레코드 음악이란 브리지드 바르도의 사진을 품고 침실로 들어
가는 것과 같다

김형술: 김언희 시인을 인터뷰하면서 음악에 관한 이야기를 할
        때 "음악을 온전히 곁에 두기엔 아직 많이 아프다"라
        는 말을 했습니다. 무척 놀랐지요, 저는 음악이 누구나
        앉아 쉴 수 있는 의자 같은 거라고 생각했는데, 또 누
        구에게는 흉기나 거울이 되기 도 하는구나, 싶은 생각
        때문이었지요. 선생님의 경우는 어떠신지요.

김성춘: "음악은 누구나 앉아 쉴 수 있는 의자"라는 말이 공감
        이 갑니다.
        유명한 지휘자 브루노 왈터는 "음악은 위안이라는 불
        변의 사명을 갖고 있다"라고 말했지요. 음악은 사람을
        가장 행복하게 만드는 최고의 명약입니다. 누군가 아
        인슈타인에게 죽음이 뭐냐고 물었을 때, "모차르트를
        듣지 못하는 것"이라고 답했다는 유명한 일화가 있죠.

191

일본의 유명한 피아노 시인, 류이치 사카모토는 "장르에 상관없이 모든 음악을 들으라"고 충고하고 있습니다. 심지어 사카모토는 "클래식과 팝뿐 아니라 새소리 바람소리에도 귀를 기울여야 한다"고 말하고 있어요. 사카모토는 시인 같죠? 시와 음악은 결국 한 몸이라고도 할 수 있죠. 시는 노래를 그리워하고 노래는 또 시의 상태를 그리워하고. 그러나 시와 노래의 행복한 만남은 쉬운 일이 아니죠. 읽는 행위와 노래 부르는 행위는 서로 다르니까요. 시와 노래의 경계는 어쩌면 완강하다고 할 수도 있겠죠.

김형술: 누구의 어떤 음악을 즐겨들으시는지요.

김성춘: 좀 상투적인 말이긴 하지만, 저는 클래식뿐만 아니라 세상의 모든 음악을 좋아하는 잡식성입니다. 바로크음악에서 현대 음악까지, 너무 무책임하나요? 음악이라면 몇 초의 짧은 침묵까지 다 좋아하지요. 특히 바흐의 「무반주 첼로곡」과 「브란덴부르그 협주곡」들. 베토벤의 피아노 소나타(열정, 월광)와 「황제」 협주곡 그리고 브람스 교향곡들, 말러와 브루크너의 교향곡들을 좋아하죠. 대부분 김 형께서도 좋아하고 다른 사람들도 다 즐기는 그런 곡들이죠? 지면 관계로 다 소개를 못하겠

어요.

저는 우리 대중가요도 좋아해요. 나이 탓인지 거부감도 별로 없고. 대중음악은 가사를 필요로 한다는 점에서 문학과도 관계가 깊어요. 시와 대중음악과의 만남은 중요하다고 봅니다.

아시다시피 가사가 아름다운 대중가요는 한편의 시와 같죠. 팝 가수 '밥 딜런'은 노벨상 후보까지 올라갔죠? 조용필의 「킬리만자로의 표범」도 좋아하는데. 그 가사가 시에요. 양인자 소설가의 작품이죠. 누군가의 상처를 어루만져주는 듯한 음유시인, 고 김광석의 노래도 좋아 합니다. 그의 「서른 즈음에」나 「사랑이라는 이유로」도 내가 즐기는 레퍼토리입니다.

김형술: 아무래도 클래식 음악은 감상을 위한 음악장르, 인간의 내면으로 잦아들고 스며들 어 사색과 사유를 불러일으키는 장르라고 생각됩니다. 예를 들어 록음악이 대중의 적극적 참여, 체제, 관습, 규범에의 저항, 당대의 시대적 흐름의 반영 등으로 특징지어지는 것과 비교한다면 말입니다. 물론 선생님의 시 속에도 스티비 원더, 비욕, 백남준 같은 현대의 예술가들이 등장하기도 합니다만 아무래도 선생님이 가지신 음악 취향의 본령은 클래식 음악이겠지요. 이 기회에 저는 선생님의 클

래식 혹은 클래식 음악에 관한 관점을 듣고 싶습니다.

김성춘: 저는 중등학교에서 음악교사 생활을 오래 했지만(트럼펫 전공), 클래식을 좋아하는 음악 애호가 일뿐이고 그렇게 클래식에 조예가 깊은 사람은 못 됩니다. 오히려 제가 보기로는 김형술 시인께서 저보다 더 클래식 마니아처럼 보입니다, 하하하. 음악은 주관적인 세계죠. 그리고 시와 음악은 서로 상통하는 점이 많죠, 저의 경우 음악에서도 시적 소재를 찾기도 합니다. 요즘엔 그렇지 않지만 옛날에는 시를 쓸 때, 분위기가 있는 클래식 곡을 틀어놓고 시를 쓰기도 했어요. 그런데 요즘은 그게 안 돼요. 오히려 시를 쓸 때 음악을 들으면 집중이 잘 안 되고 방해가 될 때가 있어요. 제 시에 음악성이 보인다면 아마 시의 이미지나 호흡 같은 면에서 클래식 음악의 영향이 있다고 봅니다. 시인은 주변예술 특히 클래식 음악, 미술, 무용, 철학…… 등등에 깊은 관심과 천착이 중요하다고 생각 합니다

불멸의 지휘자들은 많지만, 저가 가장 좋아하는 지휘자는 '세르지우 첼리비다케' (루마니아, 1912-1996) 인데요, 이분이 이런 말을 했어요 "음악은 인간에게 소속되지 않으며 인간을 우주와 연결시킨다"고 했어요. 근사하

죠? "음악에 기적은 없다. 다만 노력이 있을 뿐이다. 음악은 본래 아름답지도 추하지도 않다. 음악은 존재할 수도 존재 하지 않을 수도 있다. 그러나 음향(음악)을 실현하기위해 우리는 강한 집중력으로 오랜 기간 동안 연습을 거듭해야 한다. 적당주의와 타협하느니 차라리 아무 일도 안 하는 편이 낫다"고.

그를 타협을 거부한 이단적 독설가라고 평하기도 하죠. 20세기 지휘자 가운데 가장 전설적인 지휘자였죠. 그는 음악이 지니는 생명감과 즉흥성을 무엇보다 중시하여, 레코드 녹음이 드문 지휘자로도 유명하죠. 그는 레코드를 '참된 음악'을 전할 수 없는 방법이라고 말했어요. "레코드 음악이란 브리지드 바르도의 사진을 품고 침실로 들어가는 것과 같다"고 했죠. 동양의 선불교에 깊이 심취하기도 했고, 「멘델스존의 바이올린 협주곡」 지휘(베르린 필)에는 청년기 첼리비다케의 싱싱한 지휘 모습이 감동적으로 담겨 있어 압권이죠.

김형술: 그래서인지 선생님의 시 속엔 "듣다"라는 동사와 듣는다는 행위에 관여하는 소재들(귀, 목소리, 사물의 소리, 악기의 소리 등)이 자주 나옵니다. 그렇게 바다를 '듣고' 달을 '듣고' 나무를 듣습니다. 듣는다는 행위에서 파생된 청각적 이미지의 구현에 능하신 이유도 물론 음

악의 영향이라고 생각해도 무방할까요.

김성춘: 그렇겠지요. 음악이 청각에 호소해서 영혼을 울리는
예술이니까 결국 마음으로 들어야겠지요. 심금을 울린
다는 것, 감동도 일단 마음으로 '듣는다'에서 출발하
니까요.
듣는 상황을 좀 더 새로운 각도에서 묘사하고 싶지만
아직 멀기만 해요. 시는 아시다시피 묘사와 진술에서
시작하여 묘사와 진술로 끝나는 언어예술이잖아요.

–바다, 세상의 가장 높고 가장 낮은 곳

바다가 나에게 물었다.

당신은 바다를 얼마나 알고 있는가

당신은 바다를 얼마나 사랑 했는가

아무도 죽음을 경험하지 않고는 건너갈 수 없는 저 심연

누구도 한순간도 고삐를 놓칠 수 없는 저 生의 얼굴

　　　　　　　　　　　　　　　　– 「바다가 나에게」 부분

걷지 않으면 절벽이다

허공이라도 껴안고

눈바람 속을

젖은 신발 신고

몽돌과 함께 흰살 부비며

걸어가야 한다

오늘도 진종일 서서 걷는다

- 「波濤」전문

세상의 어떤 더러움도

세상의 어떤 힘도 반짝임도

낮은 것은

모두 물이 되는가

살아가면서 쌓이는 우리의 슬픔도 나의 치욕도

눈물도, 오줌도, 냄새나는 분비물도

낮은 것은 모두 물로 만나

가장 깨끗한 바다를 이루는가

-「섬 · 비망록 · 5-방어진 시편」전문

김형술: 부산의 시인들은 술자리에서 농담삼아 이렇게 말하곤
   합니다. "부산의 시인들이 바다에 관한 시를 쓰는 일은
   무척 어렵다. 눈만 뜨면 보는 바다, 기쁘고 슬플 때마

다 만나는 바다, 그 바다가 워낙에 시인 자신과 육화되어 있으니 일정한 거리를 유지하며 시를 쓰기가 참 어렵다"고 말입니다. 선생님께서는 사방 바다가 보이는 부산의 영도에서 태어나셨고 이후로도 바다와 접한 울산이라는 도시에서 생활하시면서도 변함없이 '바다'에 관한 시를 써오고 계십니다. 바다가 왜 선생님의 시 속으로 달려가 끊임없이 출렁이는지, 선생님께서는 또 왜 적극적으로 바다를 시와 삶 속에 끌어들이게 되셨는지 궁금해집니다.

김성춘: 부산 시인들의 말에 공감이 갑니다 저도 마찬가집니다. 부산 영도 바닷가에서 태어나 어린 시절부터 바닷가에서 살았습니다. 나는 아직도 바다를 좋아하고 있지만 솔직히 바다를 잘 모릅니다. 선원생활 체험도 못했습니다. 그러나 체질적으로 바다가 내 몸속에 들어와 출렁이고 사는 것 같습니다. 경주에 와서도 왕릉에서도 바다를 만나고 남산에서도 바다를 만납니다.부산을 떠나 교직생활을 울산에서 하면서 울산 '방어진' 바다와 '정자' 바다를 만났습니다. 특히 방어진 울기 등대가 있는 바닷가 생활을 몇 년 체험하면서 바다 일출과 바다의 맨 얼굴들을 많이 만났습니다. 그런 체험들이 녹아서 바다 시를 좀 썼지만 정작 감동적인 바다 시는 아

직까지 한편도 건지지 못했다고 감히 고백 합니다. 바다는 천의 얼굴, 천의 손을 가진 존재지요. 바다는 생명이고 사랑이지만 또한 폐허이고 허무의 이미지입니다. 삶의 또 다른 영원한 은유가 바다이고, 거대한 신비고 수수께끼 우주 입니다

김형술: 선생님을 "바다의 시인"이라고 일컬어도 별 무리는 없을 듯합니다. 김성식 시인처럼 선장으로 대양을 항해하며 바다에 관한 시를 쓴 시인 외에(제가 워낙 시야가 좁긴 합니다만) 또 선생님만큼 시력의 대부분을 바다(섬 혹은 물)에 복무하며 시를 쓰신 시인이 어떤 분이 계실런지요.

김성춘: 황송하고 감사한 말씀이지만, 나는 아직 바다의 시인은 못 됩니다. 제 짧은 소견으로는 섬에 관한 시집을 가장 많이 낸 섬 시인에 이생진 시인이 있고, 작고한 부산의 선장 시인 김성식 시인도 좋은 바다 시를 많이 썼죠. 시인이면 모두가 바다를 사랑하고 몇 편의 바다 시는 갖고 있지요.

김형술: 선생님에게 바다란 세상의 가장 낮은 곳(물질 혹은 가치, 일상적 장소)이면서 가장 높은 곳(궁극의 이상향)이기도 한

것 같습니다.

김성춘: 그래요. 바다는 세상의 가장 높은 곳이고 또한 가장 낮
은 곳이죠. 앞에서도 잠시 언급했지만 바다는 천의 얼
굴이지요. 다소 알레고리가 담긴 얘기 같지만, 바다를
보며 제가 배우는 점은 바다는 가장 낮은 곳에서 가장
겸손한 자세를 갖고 있는 어떤 사유의 대상이라는 거
죠. 철학적인 성인의 모습 같기도 하고 세상의 어떤 더
러움도 추악함도 넉넉하게 안아주는 신비의 존재 같기
도 하고 골짜기를 흘러온 세상의 강물은 마지막 자신
의 삶을 결국 바다에 던져 생을 완성하죠.

慶州 남산 절 중
가장 맛있는 절은 칠불암이다

구불구불 마음에 光을 내는 새소리도
새소리지만, 마음에 光을 내는 新綠도 新綠이지만

萬斤의 고요
萬斤의 적막을 오오래 견디고
벼랑에 선 절묘한 적멸보궁이

하나도 아닌 일곱분이나! 살아서
가슴 뛰게 하기 때문이다

─「칠불암가는 길」 부분

內臟도 빼고,
눈도 빼고,

목탁소리가 천성산 골짝 물소리를 흉내낼 때
흰구름이 지나가다 풍경소리에
산의 핏불을 씻고 있었습니다.

보세요, 적먹한 암자가
꽃이었습니다.

─「천성庵에서」

김형술: 큰 시각으로 본다면 선생님께 바다는 또 한편으로 시
　　　　인의 삶이 영위되는 지역의 의미에 관한 적극적인 모
　　　　색, 애정을 기반으로한 시적 재발견이라고도 할 수
　　　　있을 것 같습니다. 시인의 책무인 "모국어를 갈고 닦
　　　　아 빛내는 일"과 더불어 "지역성에의 충실한 복무"

또한 잊지 말아야 할 덕목이라고 생각됩니다. 선생님
에게 울산과 경주라는 도시는 어떤 의의를 갖고 있으
며 어떤 점을 재발견하고 문학적으로 해석하고 싶으
신지요.

김성춘: 시인에게 그가 사는 곳의 자연환경이나 일상의 환경은
중요합니다.
경주는 천년고도라 한국인의 정신의 뿌리가 숨 쉬는
곳이라 해도 과언이 아니죠.
삼국유사의 숨소리가 아직도 미스테리로 곳곳에 살아
있고, 수많은 신화가 미술사의 텍스트가 역사의 발소
리가 살아 있는 이곳은 문학적 상상력의 보고지요. 저
는 이곳 경주에 굴러다니는 수많은 시의 생금들을 캐
기 위해 요즘도 틈만 나면 자전거를 타고 고요의 폐사
지를 돌아다니는 사치를 즐깁니다.

김형술: 특정지역에 관한 시를 쓰게 될 때, 대조적으로 클래식
음악의 청각 이미지가 형상화된 시들보다 동양적 정
서, 불교적 세계관이 도드라지게 드러나는 것 같습니
다. 서양의 음악인 클래식과 동양적 세계관인 불교라
는 두 세계가 선생님의 시에서는 묘하게 양립되고 있
는 듯합니다. 어쩌면 상반되기도 할 이 두 개의 세계가

전혀 다른 듯하지만 더 자세히 읽다보면 서양음악인 클래식조차 동양적 이미지로 재해석하는 탁월한 능력을 갖고 계신 듯합니다.

김성춘: 클래식 음악을 동양적 이미지로 해석했다는 평가는 처음 듣는 말씀이고 과찬인 것 같습니다. 고전음악을 들으며 한국의 선, 또는 동양사상, 또는 내 시창작의 소재로 연결시키는 생각은 늘 하고 있습니다.

-김소월과 김춘수 사이

김형술: 선생님의 시집을 읽으면서 또 하나 느낀 건 시의 형식
　　　이 짧고 단정하고 군더더기가 없다는 점입니다. 길고
　　　장황하며 일견 난삽하기도 한 문장들로 이루어진 현대
　　　시들과 극명하게 대조되는 부분이기도 하지요. 요즈음
　　　의 젊은 시인들의 시에 관해 어떤 인상, 어떤 견해를
　　　갖고 계신지요.

김성춘: 이미지 중심의 시보다 사유하는 시, 철학적 깊이가 있
　　　는 시를 쓰고 싶은데 저의 능력이 부족해요. 등단한 지
　　　몇 십 년이 지났지만 부끄럽게도 아직도 저는 시를 공
　　　부하고 있습니다. 시가 간결하다는 것은 언어가 절제
　　　되고 있다는 뜻도 있겠지만, 묘사가 부족하다는 의미,
　　　상상력이 부족하다는 의미도 포함된 것 같군요. 요즘
　　　젊은 시인들의 시를 의도적으로 읽으려고 노력은 하고

있어요. 젊은 시인들의 시가 날카로운 의식의 첨단에 있고, 젊은 시인들이 변화하는 한국시의 미래니까요. 그러나 젊은 시인들의 시가 소통의 어려움을 느끼게 하는 시들도 많아요. 무슨 말을 하고 있는지 황당할 때가 많고, 잘 알 수가 없어 끝까지 읽을 수가 없는 경우도 있어요. 2-30대의 시와 5-60대의 시가 서로 소통이 잘 안 되고 있는 것도 우리의 현실입니다. 그러나 언젠가는 시의 황금시대가 올 것이고. 저는 한국시의 미래는 긍정적이고 밝다고 봅니다. 우리나라처럼 신문마다 시가 사랑을 받고 시집이 잘 팔리는 나라도 없다고 하잖아요.

김형술: 최근에 등장하는 시인들은 거의 대부분 전통적인 정서와 형식의 서정시를 자신의 출발점으로 여기지는 않는 듯합니다. 어떤 방식으로든 자신만의 새로운 형식, 새로운 어법을 가지고자 하는 게 갓 등단하는 시인들의 공통된 자세 혹은 욕망일테니까요. 선생님께서는 등단작에서 새로운 감성의 모던한 시를 보여주셨지만 그 이후엔 일관되게 전통에 가까운 서정시의 정서와 형식을 고집해오신 것 같습니다. 그래서 장석주 시인도 해설에서 "김성춘의 시는 김소월과 김춘수 사이의 중간쯤에 위치해 있다. 김성춘의 시세계는 서정성이라는

측면에서 김소월과 겹쳐지고, 환상적 감각성이라는 측면에서 김춘수와 겹쳐진다"라고 쓰지 않았을까 생각되는데요. 선생님은 서정시에 관해 어떤 생각을 갖고 계신지요.

김성춘: 네, 그런 것 같습니다. 전통 서정시든 새로운 모더니즘 시든 시인이라면 우선 시가 되기 위해선 그 작품 속에 발견의 새로움이 있는가? 감동이 살아 있는가? 문장이 얼마나 아름다운가? 나아가서 자신만의 언어의 세계를 갖고 있는가? 등등이 중요하겠지요. 결국 좋은 시는 누가 봐도 좋은 시인인 것입니다. 저는 서정시인이고 싶습니다.

나는 그 나무가 죽은 나문 줄 알았어 검은 옷 입고 검은 구두 신고
고독한 포즈의 그 나무, 무심코 지나다니며 본 길가의 그 나무

13월 초순인가 사월 초순인가 하여간 그 근처
갑자기 그 나무가 가쁜 숨을 몰아쉬기 시작했어

　왜 라디오 볼륨이 점점 높아지는 그런 거
　검은 꽃나무의 몸 어디선가 신열의 볼륨이 점점 높아지기

시작했어

　발갛게 보푸는 젖꼭지의 봄 기미가 투명한 물로 번져 나오는

아, 살아 있었던 거야 그 검은 옷 검은 구두의 나무

　투명한 뼈로 숨 쉬고 있었던 거야

　나무의 중심이 물오름으로 소란했던 거야

아무래도 좀 이상한 그 나무

앞으로도 더 이상해질 것만 같은 그 나무

　나무의 중심부가 꽃 물살로 소란한

　이마에 열이 좀 느껴지는……

13월 초순인가 사월 초순인가 하여간 그 근처

—「어떤 꽃나무」 전문

김형술: 이제 선생님의 새 시집에 관해 이야기를 해볼까합니
　　　다. 우선 이번의 시집 『물소리 천사』에서 위의 이 시
　　　「어떤 꽃나무」가 가장 먼저 저를 잡아끌었습니다.
　　　순전히 제 취향이기는 합니다만 "검은 옷 입고 검은 구
　　　두 신고" "앞으로 더 이상해질 것만 같은 그 나무" "나
　　　무의 중심부가 꽃 물살로 소란한/ 이마에 열이 좀 느껴

지는” 이 나무가 왠지 저는 매혹적입니다. 제가 만나고
싶은 나무, 혹은 13월의 끝까지 가서라도 찾아내고 만
나야 할 나무처럼 느껴지기도 하고 오롯이 이 시를 쓴
시인 자신의 초상화처럼 읽히기도 합니다. 이 시가 어
쩌면 선생님께서 지금까지 써 오신 시들, 즉 바다-생
명, 섬-존재, 지역-일상, 물-신성의 축약판이 아닐까
싶기도 하거든요. 제 오독을 용서하시기 바랍니다.

김성춘: 오독의 즐거움도 있군요. 아니 어쩌면 김형의 감상이
정확할지도 몰라요. 제 손을 떠난 작품은 독자의 몫이
지요. 감상은 독자 나름대로 해석하는 거죠. 이미 발표
된 작품은 낡은 것입니다. 그래서 발표된 작품은 거의
다시 보지 않습니다.

김형술: 얼마 전에 부산의 선배시인 한 분과 시인의 나이듦에
관해 이야기를 나눈 적이 있습니다. 요즘 들어 시가 잘
되지 않아서 큰 고민에 빠져있다고 말씀하신 그 선배
님은 “한 사람의 시인이 생전에 남길 수 있는 시집으로
몇 권이 적당할까. 하나의 형식만을 고집하면서 하나
의 주제를 죽을 때까지 파고드는 일이 옳은 것일까. 끊
임없이 형식과 어법을 실험하며 시세계를 바꾸어가는
일이 옳은 것일까. 언제쯤 시를 그만두는 게 좋을

까······" 그런 고민을 하고 계신다고 하셨습니다. "오
늘의 역광속에/ 나무들이 무릎을 꺾고 있다/ 나와 황혼
사이 내가 잘 보인다/ 가야할 길 먼 불빛 속에 잘 보이
지 않는다"라고 쓰신 이번 시집 속의 시 "逆光"을 읽으
면서 문득 그때 이야기를 떠올렸습니다. 시인의 나이
듦에 관하여 어떤 생각을 갖고 계신지요.

김성춘: 저는 '전신'이라는 말을 좋아 합니다. 시인은 끊임없이
변화를 추구하는 존재니까요. 시인의 화두는 발견이
고, 새로운 문장입니다. 오늘의 나는 어제의 내가 아닙
니다. 장단점이 있겠지만 한 시인에게 시집의 숫자는
큰 의미가 없다고 봅니다. 한권의 시집이라도 그 시집
이 가진 내용이나 함량이 중요하겠죠. 시인의 나이듦
과 작품의 상관관계? 사람마다 다르겠지만 상관이 깊
다고 봅니다. 시인의 사유와 세계의 깊이는 세월 따라
넓고 깊어지는 게 아닐까요?

······꽃이면서 꽃의 그림자이고 나무이면서 나무 잎새의 그늘
이고
햇빛이면서 햇빛의 맨발이고, 시냇물이면서 또한 바닥에 깔
린 흰 몽돌의,

이를테면

그는

허공을 둥둥 떠다니진 않습니다.

가녀린 날개는 지상에 딱 붙어

맹렬하게 파닥이는 벌새

벌새 얼굴의 프시케입니다

히말라야 산의 눈 덮인 가파른 산길을

한 걸음 한 걸음 묵묵히 오르는

지하도 어두운 계단을 시시각각 오르고 있는

맨발

세상의 어떤 짐승 내장보다 더 시뻘건

노을이 마구 뒤엉킨

맨발

　　　−「맨발 천사 − 지금까지 내가 걸어 온 길은 길이 아니었다 8」 전문

김형술: 이번 시집 전체를 보면 예전에 출간하신 시집 속의 시
　　　들과 형식과 소재, 정서의 면에서는 그리 큰 변화는 없
　　　다고 보여집니다. 하지만 시간에 대한 사유, 세계의 이
　　　면을 응시하는 더 깊고 넓은 시선이 느껴지는 게 사실
　　　입니다. 위의 시에서 천사를 "지상에 딱 붙어/ 맹렬하

게 파닥이는 벌새" 혹은 "세상의 어떤 짐승 내장보다
더 시뻘건/ 노을이 마구 뒤엉킨/ 맨발"로 인식하셨고
또 다른 시 「물소리 천사」에서는 "지하도 입구에도/ 버
스 정류장 근처에도/ 뒷골목 동네가게 앞에서도 그 물
소리/ 또렷하게 잘 들렸다"로 표현하신 부분은 선생님
의 세계관 혹은 시적지향을 극명하게 보여준 부분이라
고 생각됩니다. "천사"를 통해 세상과 삶의 어두운 부
분조차 선하고 따뜻한 시선으로 끌어안고자 하는 의지
로 이해되는데 제가 제대로 읽은 것일까요.

김성춘: 과찬입니다. 시원찮은 작품입니다.
　　　　천사의 이미지를 통해 삶의 어두운 부분조차 따뜻한
　　　　시선으로 끌어안고 싶은 의도는 있습니다. 신과 천사,
　　　　또는 기적의 문제 등등, 초월에 대해서 관심이 많습니
　　　　다. 과연 천사란 나에게 무엇일까? 초월의 관념인가?
　　　　혹은 현실의 어떤 물상인가? 아무리 생각해봐도 지금
　　　　내가 살아 있다는 것은 하나의 축복입니다. 생은 영원
　　　　히 신비롭습니다. 사랑처럼.

김형술: 선생님의 이번 시집에 등장하는 '천사'는 이전 시집들
　　　　속의 감각, 청각적 시각적 감각들이 삶에 관한 깊고 진
　　　　중한 어떤 인식에 도달하는 매개체나 상징적 존재로

읽힙니다. 바다와 섬, 일상의 지명들이 가진 의미들을 거쳐오면서 마침내 도달한 어떤 숭고한 경지, 같은 걸로요.

김성춘: 우리의 삶은 천사로부터 도망칠 수가 없습니다. 그만큼 우리의 생에서 천사의 존재는 신비롭고 막중합니다. 천사는 도처에 있고 또한 도처에 없습니다. 나에게도 천사는 가장 소중한 상징적 존재이고 내가 연민을 느끼고, 애정을 쏟는 대상일 수도 있습니다. '물소리 천사'는 세상을 아름답게 하는 물소리, 그런 존재에 대한 은유적 이야깁니다.

김형술: 저는 시집이 나오고 나면 싹 잊어버립니다. 그래봐야 거기서 거기겠지만 나름대로 다시 새로운 시를 써보자, 하는 어리석은 몸부림이기도 하겠지요. 마찬가지로 이 시집 이후에 태어날 선생님의 새로운 시세계가 더 궁금해집니다.

김성춘: 앞으로 제 시가 어떤 변모를 할지 저도 잘 모르겠습니다. 제발 변모 되었으면 좋겠어요. 중요한건 저의 상투성과의 싸움입니다. 우선 몸이 건강해야겠고, 무엇을 할 것인가? 나는 누구인가? 지금 여기에 왜 나는 존재하

는가? 등등 근본적인 질문도 여전히 소중하고 이런 것
들과 함께 고민하면서 좀 더 진실하고 나만의 시를 쓰
고 싶습니다

김형술: 이 글이 실리는 매체가 부산의 모더니즘 시인들의 자
유로운 난장인 "세드나"입니다. 모더니즘 시인들이 굳
이 선생님을 인터뷰한다고 했을 때 좀 당황하지는 않
으셨는지요. 모더니즘 시인들이라 불리는 부산의 후학
들에게 한 말씀 해주시겠는지요.

김성춘: 『세드나』를 받아 보고 솔직히 깜짝 놀랐습니다.
부산서 이런 책이 나오다니! 우리나라 어디에 내 놓아
도 손색없는 참신한 책이라는 인상을 받았고 축하드리
고 싶었습니다. 무엇보다 한국 현대시의 한 정점에 와
있고 제가 존경하는 허만하 선생님께서 참여하고 계셔
서 더욱 놀랐습니다. 또한 참여 동인들 모두가 제가 좋
아하는 개성 있는 좋은 시인들이라 든든했고요. "세드
나"가 앞으로 정말로 시가 '세드라' 가 될 수 있는 책이
바랍니다. 저는 모더니즘시든 뭐든 편견이 없어 당황하
진 않지만, "세드나"같은 훌륭한 동인지에 과연 내가
초대 받을 자격이나 있나? 하고 좀 의아하게 생각한 건
사실입니다. "세드나"후배들한테는 제가 오히려 배울 점

이 더 많은 젊은 시인들이라 할 말이 없습니다.

김형술: 선생님을 초대하게 된 건 아마도 저희들 생각속에 부산과 바다를 이야기할 때 빼놓을 수 없는 부산출신의 시인이라는 점, 빼어난 등단작으로 부산의 후학들에게 알게 모르게 영향을 미쳤다는 점 때문이 아니었을까 싶습니다. 제 잡다한 우문을 나무라지 않고 현답을 주셔서 감사합니다. 자주 뵙지는 못하더라도 늘 선생님의 건안과 건필을 기원하겠습니다. 감사합니다.

김성춘: 고맙습니다. 귀한 지면에 초대해 주셔서 고맙고, 경이와 새로움의 세계를 향해 출항하는 "세드나"의 무궁한 정진을 빕니다!